Arena-Taschenbuch
Band 50734

Weitere Bücher von Gabriella Engelmann im Arena Verlag:
Küss den Wolf
Cinderella undercover
Wachgeküsst
Goldmarie auf Wolke 7 – Eine himmlische Liebesgeschichte
Weiß wie Schnee, Rot wie Blut, Grün vor Neid – Ein mörderischer Schneewittchenroman

Sturmgeflüster

Weitere Bücher von Jakob M. Leonhardt im Arena Verlag:
Knapp vorbei ist auch daneben – Ein genialer Chaot packt aus
In der Faulheit liegt die Kraft – Geniale Chaoten fallen nicht vom Himmel
Chaos ist das halbe Leben – Ein verkanntes Genie auf der Überholspur
Erst der Spaß und dann das Vergnügen – Geniale Chaoten bringt nichts auf die Palme

Henry Vegas – Auf Klassenfahrt durch die Galaxie
Henry Vegas – Gefangen auf dem Spaßplaneten

Gabriella Engelmann,
gebürtige Münchnerin, entdeckte in Hamburg ihre Liebe zum Schreiben. Nach Tätigkeiten als Buchhändlerin, Lektorin und Verlagsleiterin genießt sie die Freiheit des Daseins als Autorin von Romanen, Kinder- und Jugendbüchern. Bei Arena ist sie vor allem mit ihrer Märchenreihe bekannt geworden.
www.gabriella-engelmann.de

Jakob Musashi Leonhardt,
Geboren 1975, ist ein Weltenbummler und in Tokio genauso zu Hause wie in Hamburg. Er hat einige Romane für junge Leser veröffentlicht und ist zudem als Musiker und Sounddesigner tätig. Zu seinen Leidenschaften zählen das Tauchen, japanischer Sencha-Tee sowie die Musik von Coldplay.
www.jakob-leonhardt.de

Gabriella Engelmann und Jakob M. Leonhardt

Im Pyjama um halb 4

Arena

FSC
www.fsc.org
MIX
Papier aus verantwortungsvollen Quellen
FSC® C110508

1. Auflage als Limitierte Sonderausgabe im Arena-Taschenbuch 2015

Umschlaggestaltung: Frauke Schneider
Umschlagtypografie: KCS GmbH · Verlagsservice & Medienproduktion, Stelle/Hamburg
Sondergestaltung: komm Design/achkomm.com/Würzburg
Gesamtherstellung: Westermann Druck Zwickau GmbH
ISSN 0518-4002
ISBN 978-3-401-50734-7

www.arena-verlag.de
Mitreden unter forum.arena-verlag.de

LULU ROCKET möchte mit BEN SCHUMANN befreundet sein.

Samstag, 22. September

LULU:
Hi. Bist du zufällig Ben, der beste Freund von Marco?

BEN:
Könnte sein. Wieso?

LULU:
Nur für den Fall, dass du es bist, wüsste ich gern, ob Marco eine Freundin hat. ☺

BEN:
Huups, du bist ja direkter als Mario Gomez vorm Tor. Dachte immer, bei solchen Fragen geht man mit etwas mehr Fingerspitzengefühl vor. ☺

LULU:
Stimmt! War ein ziemlich gewagter Vorstoß. Weiß ja gar nicht, ob du wirklich DER bist, den ich meine. Es gibt hier dummerweise drei mit deinem Namen, die alle kein Foto als Profilbild haben. Aber für den Fall, dass du doch DER bist – dann kennen wir uns. Ich bin Lulu, du weißt schon, wir haben uns gestern auf der Party in meiner Tanzschule kurz unterhalten. Marco ist SÜSS!

LULU:
Hallo? Noch jemand da?…

BEN:
Sorry, musste mich mal eben künstlich beatmen lassen, weil ich sonst an einem Lachanfall gestorben wäre. Wenn dieser Marco das hier lesen könnte, würde er wahrscheinlich im Boden versinken. »Süß« ist ja wohl echt das schlimmste Kompliment, das man einem Jungen machen kann.
PS: Ich bin nicht derjenige, den du suchst! Kenne gar keinen Marco.

LULU:
Aha, ok… na dann also sorry wegen der Störung. Schönen Sonntag noch, Mister Unbekannt!

BEN:
Schönen Sonntag, Miss Lulu – oder wie immer du in Wirklichkeit heißt…

LULU: Habt ihr schon einmal mit einem Unbekannten gechattet?

HIBISKUSBLÜTE: Würde ich nie tun, ist mir zu riskant.

ZEITREISEQUEEN: Ich lebe lieber in der Realität als in einer emotionalen Parallelwelt. Außerdem bin ich mit Schule, Polo und Golf mehr als genug beschäftigt.

NELLYROSAROT17: Was soll das denn bringen? Endet doch alles eh nur im Chaos. ☹

NERDINATOR: Ich bin selbst unbekannt, dürft also gerne mit mir chatten!

FEE39: Ab und zu ist das ganz nett – das Leben ist schließlich ein knallbuntes Abenteuer. LOVE IT!

Sonntag, 23. September

LULU:
Lieber Mister Unbekannt, darf ich dich noch mal stören?

BEN:
Oh, du schon wieder!

LULU:
Musst mir ja nicht antworten, wenn ich nerve! Tu einfach so, als sei ich gar nicht da. ☺

BEN:
Nee, schon okay. Was gibt's denn?

LULU:
Hab noch mal drüber nachgedacht: Was ist so schlimm an SÜSS?

BEN:
Ok, pass auf: Einen Typen als »süß« zu bezeichnen, ist so, als würdest du einen weißen Hai kuschelig finden oder Kobe Bryant niedlich. Verstehst du, was ich meine?

LULU:
Kobe wer? Ok, Google macht's möglich! Du meinst die BLACK MAMBA des Basketballs? Der sieht doch sehr SMART aus – finde ich zumindest. Oder ist smart auch kein Wort, für das du dich begeistern kannst? SHOOTING GUARD klingt jedenfalls supergefährlich sexy!

BEN:

Meine Basketball-Poster sind gerade von der Wand gebröselt. ☺ Du hast nicht soooo viel Ahnung von diesem Sport, oder? Aber zurück zum Thema. Zu mir haben die Mädels auch schon ab und zu gesagt, dass sie mich *süß* finden... und ich war selten begeistert darüber. Das klingt jetzt vielleicht eitel oder so. Aber Jungs möchten echt nicht süß sein, sondern cool oder sportlich oder... na ja, man will's halt draufhaben. Du weißt schon! Aber *süß* klingt irgendwie total nach Grundschule und Liebesbrief.
Da ist *smart* schon wesentlich besser! ☺

LULU:

Da bin ich ja beruhigt, dass ich ein Wort gefunden habe, das dich nicht in irgendeinen Ausnahmezustand katapultiert. Übrigens: Mädels meinen das mit *süß* überhaupt nicht abwertend. Im Gegenteil...

BEN:

Ja, schon klar. Aber trotzdem.

LULU:

Was mich übrigens mal interessieren würde: Spielst du eigentlich selbst Basketball oder bist du nur groß im Schlaue-Sprüche-Kloppen? (Und bevor Missverständnisse aufkommen: Ich selbst bin aktive Sportlerin. Jedenfalls wenn man Ballett als Sport durchgehen lässt.)

BEN:

Aua! Bin gerade vom Sofa gefallen. Schuld bist du, du seltsame Marsrakete. Klar ist Ballett Sport, genauso wie Blumenbinden, Stricken oder Pfannkuchenbacken.

LULU:

Soso, vom Sofa gefallen? Bist also eine Couch-Potato?! (Pfannkuchen, yummy!)

BEN:

Genau. Betreibe Extrem-Couching! Ist echter Leistungssport.

BEN: Ist Ballett in euren Augen Sport?

SASCHA T-PUNKT: Ballett? Ist das nicht das, wo zwei Typen im Ring stehen und sich verprügeln? Ach nee, das war Boxen. Ok, kein Sport.

NADINE CAT: Deine Frage verrät, dass du KEINE AHNUNG hast. Tänzer sind total durchtrainiert, da ist wirklich jeder kleinste Muskel so was von definiert… traumhaft!

NERDINATOR: Danke, Nadine, dass du den Porno-Aspekt mit reinbringst.

NADINE CAT: Haha! Vermutlich bist du nur neidisch, weil du gar nicht weißt, was Muskeln sind!

NERDINATOR: Doch, klar weiß ich das. Die Muskeln einer Kuh zum Beispiel nennt man Steak. Und die vom Schwein Kotelett. Beides super!

TOM BOMBADIL: Hey Ben. Gibt eine einfache Methode, das herauszufinden. Schau dir einfach mal eine Ballettaufführung an. Dann wirst du schnell merken, dass Balletttänzer Hochleistungssportler sind. Allein die Sprungkraft würde für Olympia reichen…

NERDINATOR: Schöne Vorstellung, Tom: Olympia-Hochspringer im Tutu…

Dienstag, 25. September

BEN:

Hallo Lulu. Wenn der Zufall uns schon zusammengewürfelt hat, möchte ich dich jetzt auch was fragen: Gibt es für Mädchen eigentlich auch so Antiwörter? Also irgendwas, das ihr total ätzend findet, auch wenn es vielleicht nett gemeint ist?

LULU:

Na ja, kommt immer drauf an, wer es sagt – und vor allem, wie es gemeint ist. Selbst das tollste Kompliment kann schließlich ganz anders gemeint sein. Zum Beispiel, wenn ein Typ ein Mädchen *hot* findet, damit aber eigentlich meint, dass sie nur gut aussieht, sonst aber nichts zu bieten hat. *Niedlich* geht auch so in die Richtung. Das klingt nach kleiner Schwester, nicht nach potenzieller Traumfrau. Mädels wollen einfach genau wie Jungs alles auf einmal sein: die Hübsche, die Coole, die Wilde, die … eben der ganz große Jackpot. ☺

BEN:

Okay, klingt einleuchtend. Was ich allerdings nicht verstehe: Wenn »niedlich« so ein No-go für dich ist, wieso nennst du dich dann ausgerechnet LULU? (Soll das eigentlich eine Abkürzung sein? Vielleicht für Lustige Lusche? Oder Lumpenlurch? Lucky Luke? Klär mich doch mal auf. ☺)

Freitag, 28. September

BEN:
Schade, ich hab nichts mehr von dir gehört. Hab ich dich mit meinen Namensvorschlägen beleidigt? Ich muss das mit der Couch-Potato übrigens richtigstellen. Stimmt nur zur Hälfte. War nämlich gerade beim Basketball-Training. Ich bin zwar nicht gerade eine Schwarze Mamba (weißt ja jetzt, wer das ist), aber gehe schon in Richtung Profi. Na ja, so einigermaßen.

LULU:
So, da bin ich wieder! Hast du dir Sorgen gemacht? ☺ OMG – was für grandiose Namen! Um noch ein paar ins Spiel zu bringen: War heute Nachmittag mit meinem kleinen Bruder Fynn und Paulchen auf dem Spielplatz. Hab da auch ein paar Körbe geworfen – aber Paulchen hat sich fast jeden geschnappt. DU hättest dir garantiert nichts abnehmen lassen, weil du in dem Bereich ja ein Profi bist …

BEN:
Machst du dich jetzt über mich lustig oder was? Ich spiel echt gut!

LULU:
Nee, nee, war ernst gemeint. Glaub ich dir.

BEN:
Fynn ist also dein Bruder. Und Paulchen? Ist das ein Pekinese? Oder ein Mops? Oder vielleicht ein Chinchilla-Rüde? Ok, Spaß beiseite, ich kenne dich zwar nicht, aber ich muss dir mal ein Kompliment machen: Ich finde es total super,

dass du dich um deine jüngeren Brüder kümmerst! Ist auch ganz ernst gemeint.

LULU:
Paulchen ist weder mopsig noch kommt er aus China. Er ist ein wilder Mischlingspuschelhund. Also für mich ist das mit Fynn eine echte Herzensangelegenheit (auch wenn kleine Brüder manchmal nerven!). Wie ist das denn bei dir? Geschwister?

BEN:
Ohhhh ja! Auch ein jüngerer Bruder: Robby! Und der kann so was von höllisch nerven, das kannst du dir nicht vorstellen! Er ist... etwas speziell.

LULU:
Hmm, klingt ja nicht so angenehm?

BEN:
Tja, manche Dinge sind halt nicht so lustig... aber egal. Was ist jetzt eigentlich mit diesem Marco, den du so »süß« findest?

LULU:
Erzähl ich dir morgen. Aber NUR, wenn du mir auch etwas von dir verrätst... etwas Persönliches...

BEN:
Mache ich. Du wirst Augen machen!!

LULU:
Na dann. ☺ Gute Nacht!
Übrigens heiße ich im REAL LIFE Luca-Luisa.

BEN SCHUMANN hat LULU ROCKETS Freundschaftsanfrage bestätigt.

Sonntag, 30. September

LULU:
Zurück vom Outernet. Bist du on?

BEN:
Ja, bin on, Luca-Luisa (schöner Name übrigens).

LULU:
Danke, dass du meine Freundschaftsanfrage bestätigt hast. ☺ Jetzt kann ich auch endlich mal sehen, wo du wohnst. München also.

BEN:
Stimmt, bin ein waschechter Bayer. Wo wohnst du denn? In deinem Profil steht da ja nichts von …

LULU:
Von dir aus gesehen am anderen Ende der Welt.

BEN:
Nordpol? Australien? Timbuktu?

LULU:
Näher.

BEN:
Stöhn! Los, sag schon.

LULU:
H.A.M.B.U.R.G!

BEN:
Das IST das andere Ende der Welt (fußballtechnisch gesehen sogar noch weiter). Darf man noch fragen, wie alt du bist? (Hast du extra so wenig in deinem Profil stehen? Um irgendwie geheimnisvoller rüberzukommen? ☺) Nicht dass du in Wirklichkeit eine 83-jährige Oma bist oder so.

LULU:
16. Das hat mit geheimnisvoll nix zu tun, sondern damit, dass nicht jeder sofort alles über mich wissen soll. Safety first, you know?

BEN:
Ich 17.

LULU:
Jetzt ich: Bist du eher Träumer oder Realist?

BEN:
Coole Frage. Das ist stimmungsabhängig. Ab und zu bin ich so sehr am Träumen, dass mich die Realität null interessiert. Aber meistens finde ich die reale Welt auch ganz spannend. Und du?

LULU:
Weck mich nicht, ich träum grad so schön. ☺
Isst du gern?

BEN:

Wie kann man nicht gerne essen!? Meine Favourites: Burger, Pizza, Steak. Ja, sag nichts, es stimmt: Ich stehe auf Junkfood. Und du?

LULU:

SALAT-SALAT-SALAT. Und habe ich schon erwähnt, dass ich gerne SALAT mag?

BEN:

Hast du einen Freund?

LULU:

Ja, mein Salat ist mein bester Freund. Hallo? Hast du mir nicht zugehört? Ich hätte wohl kaum gefragt, ob Marco eine Freundin hat, wenn ich selbst schon vergeben wäre, oder? Aber nur so, aus reiner Neugier: du denn?

BEN:

No, bin seit ein paar Monaten solo. Habe aber Ziele …

LULU:

Wie heißt denn dein Ziel?

BEN:

Larissa. ☺

LULU:

Aha. ☺ Geht ihr in dieselbe Klasse? Bist du eigentlich schon in der 12.?

BEN:

Ne, noch in der 11. Zum Glück! Noch ein Jahr länger Zeit, bis man sich überlegen muss, was man werden will.

LULU:

Also, ich bin ziemlich froh, wenn ich da raus bin. Je früher, desto besser. Auf Chemie, Bio und besonders Englisch kann ich echt verzichten. Wegen dieser furchtbaren Sprache drehe ich gerade eine Ehrenrunde… ☹ Also, auch noch ein Jahr länger Zeit. Gezwungenermaßen.

BEN:

Uii, tut mir leid! Das ist bestimmt nicht so angenehm. (Larissa geht in die Parallelklasse.)

LULU:

Ne, is' nicht so lustig! Fühle mich total outsidermäßig: neue Klasse, neue Lehrer und das miese Gefühl, komplett versagt zu haben. Im Drehbuch meines Lebens war diese Katastrophe jedenfalls nicht vorgesehen… früher war ich nämlich mal super in der Schule und sogar Klassensprecherin. Und jetzt fange ich wieder ganz von vorne an… *GroßerStoßseufzer*

BEN:

Oje! Klingt nach großem Frust! Ich bin zum Glück noch nie sitzen geblieben, aber ich kann mir vorstellen, wie ätzend das ist. Vor 2 Jahren musste ich meinen Basketball-Verein wechseln, weil ich mit dem neuen Coach nicht klarkam. Ich weiß also genau, wie es ist, wenn man sozusagen noch einmal ganz von vorne anfängt. Aber irgendwann hat man es geschafft. Und vielleicht wird es bei dir dann auch so wie bei mir. Im Nachhinein hat sich der Wechsel als super herausgestellt. Jetzt bin ich wieder Stammspieler und fühle mich im neuen Team viel wohler als in dem alten. Und außerdem: Ich glaube, wir schreiben das Drehbuch unseres Lebens gar nicht selbst – das tut jemand anderes … (fühlt sich jedenfalls meistens so an).

LULU:
Was für eine schöne Antwort! Danke, dass du mir so viel Hoffnung machst. Das hat jetzt sehr gutgetan! ☺ (Und alles Gute in Sachen Larissa!!!!!)

BEN: Die Leute reden immer davon, dass sie »Zeit verlieren« – eine Stunde, einen Tag, vielleicht sogar ein ganzes Jahr. Aber kann man das überhaupt, Zeit verlieren? Und wer findet dann diese verlorene Zeit? Vielleicht sollte man mal ein Fundbüro für Zeit einrichten?

ALEX E: Zeit kann man nicht nur verlieren, man kann sie sogar verschwenden! Blöd ist nur, dass man Zeit nicht kaufen kann. Würde da sofort auf Schnäppchenjagd gehen.

NADINE CAT: Zeit ist unbezahlbar! Da kannst du lange auf Schnäppchenjagd gehen.

NERDINATOR: Ich verliere ständig irgendwas: meine Schlüssel, mein Portemonnaie, meine Schultasche ... aber Zeit? Keine Ahnung, wie das gehen soll.

TOM BOMBADIL: Wenn man das Gefühl hat, Zeit zu verlieren, muss man einfach mal innehalten. Atmen. Meditieren. Nichtstun. Und schwupps, ist die Zeit wieder da! Ist ein Mysterium!

NERDINATOR: Wenn ich Bastians Schnarch-Post (Mysterium, haha) lese, wird mir klar, dass man Zeit STEHLEN kann. Bin off!

NELLYROSAROT17@NERDINATOR: Das wird aber auch ZEIT!

ALEX E: Kennt ihr »In Time – deine Zeit läuft ab«? – super Film!! Da bezahlen die Leute nicht mehr mit Geld, sondern mit Zeit. Gruselig!

NADINE CAT: Ich finde TOMS Post gut, weil er recht hat. Zeit IST ein Mysterium, sie ist paradox.

Gerade dann, wenn man das Gefühl hat, Zeit zu verschwenden (zum Beispiel, wenn man auf den Bus warten muss), hat man doch unendlich viel Zeit. Eigentlich sollte man solche Momente genießen und sozusagen sein persönliches Zeitkonto füllen…

Montag, 1. Oktober

BEN:
Hallo Lulu. Hab aus irgendeinem Grund über dich und diesen Marco nachgedacht. Woher kennt ihr euch eigentlich?

LULU:
Vom Ballett-Training. Er ist neu in unserer Kompanie – und einfach ein Traum. Wie er sich bewegt … Und total nett ist er auch. Seufz!

BEN:
Hilfe, klingt wie aus einer Telenovela. Scheint ja ein echter Traumtyp zu sein. Weiß er denn, dass du ihn magst?

LULU:
Keine Ahnung. Hoffentlich. Passiert schließlich häufiger, dass sich irgendwelche Pärchen beim Ballett finden. Kennst du BLACK SWAN? Nathalie Portman hat ihren Tanzpartner nach den Dreharbeiten sogar geheiratet – und die beiden haben jetzt zusammen ein Kind. Allerdings weiß ich nicht, ob Marco mit jemandem zusammen ist oder nicht. Aber er hat mich zumindest mehrmals beim Training angelächelt … Das ist doch ein gutes Zeichen, oder?

BEN:
Ein gutes Zeichen? Mehr als das! Das ist gigantisch, das ist fast so, als hätte er dir einen Strauß roter Rosen und einen Diamantring geschenkt. Du weißt ja: Direkt nach Anlächeln kommt Heiraten. Gratuliere. ☺

LULU:
Und nach der Hochzeit die Scheidung! *grummel*

BEN:
Mal ehrlich: Kann es sein, dass du ein wenig *old school* bist? Wenn jedes Mädchen, dass ich anlächle, denken würde, dass ich in es verliebt bin, dann hätte ich echt ein Problem ... ist da noch nicht mehr zwischen euch abgegangen?

LULU:
HALLLOOOO! Wie kann denn beim zweiten »Date«, das gar keins ist, irgendwas »abgehen«.

BEN:
Also, wenn beim zweiten Date noch nichts abgeht, habe ich garantiert keine Lust auf ein drittes ...

LULU:
ALLES KLAR – du hast Probleme damit, »am Ball« zu bleiben! Deshalb lächelst du auch gleich in der XXL-Version und streust deine Chancen schön breit. ☺ Lässt sich diese Haltung denn mit deinem Sport vereinbaren?

BEN:
Hm, ja ok, hab die Message verstanden ... der Spruch mit dem Date war blöd ...

LULU:
Hey – du schuldest mir noch eine persönliche Info über dich. Von wegen »Du wirst Augen machen!«. Was ist denn nun damit?

BEN:

Ok, stimmt. Also: Mir geht's genau wie dir – ich bin gerade verliebt. Du weißt schon, in Larissa. Das Problem ist nur, dass ich mir nicht sicher bin, ob ich es auch DARF!

LULU:

Hä? Wieso darf???????

LULU: Kann man jemanden, den man nicht kennt, nett finden?

FEE39: Klar. Orlando Bloom zum Beispiel. Den kenne ich nicht, weiß aber, dass er nett ist.

ZEITREISEQUEEN@FEE39: Woher willst du das denn wissen?

LULU: Schon mal was von weiblicher Intuition gehört? ☺

HIBISKUSBLÜTE: Ich kenne mich selbst nicht, finde mich aber nett.

NERDINATOR: Ich finde dich nicht nett, obwohl ich dich nicht kenne.

ZEITREISEQUEEN: Definiere NETT.

NELLYROSAROT17: Nett ist so ziemlich die langweiligste Beziehung, die es gibt. *Schnarch*

LULU: Ok Leute, lassen wir das! Aber gut, dass wir darüber gesprochen haben. ☺ Wen's interessiert, weshalb ich gefragt habe: Bitte eine PN an mich, ich erklär's euch dann. ☺

Dienstag, 2. Oktober

LULU:
Huhu! Was ist denn nun?

BEN:
Huhu zurück. Bin heute ausnahmsweise mal auch im Schulstress... morgen mehr.

LULU:
Ben? Bist du schon weg? Mann, schade! Unsere Chats gefallen mir nämlich richtig gut – auch wenn du natürlich ein Unbekannter bist. Oder vielleicht gerade deshalb? Jedenfalls freue ich mich auf morgen!

Donnerstag, 4. Oktober

LULU:
Hallooooooo? Jemand zu Hause? Meine Fantasie schlägt gerade Purzelbäumchen. Ich will UNBEDINGT wissen, was das mit dem »dürfen« bedeutet!
Hab ich schon erwähnt, dass ich furchtbar neugierig bin?

LULU:
Hm, immer noch Sendepause.
Habe ich dich irgendwie beleidigt? Bist du krank? Oder dein Läppi? Bist du nach Timbuktu ausgewandert, in der Hoffnung, mich dort am anderen Ende der Welt zu finden?

BEN:

Hey Lulu. Gute Idee, das mit Timbuktu! Jedenfalls besser als zwei Tage Dauerstress wegen einer bescheuerten Mathearbeit ... Was für dich Englisch ist, ist für mich Mathe ... War in den letzten Tagen so gut wie gar nicht on. Dabei wollte ich dir eigentlich sofort auf deine letzte PN antworten. Das Problem ist, dass ich bei der ganzen Sache selbst nicht so richtig durchsteige. Larissa ist seit den Sommerferien auf meiner Schule. Ich hab sie am ersten Schultag gesehen und war sofort hin und weg. Ich glaube, ihr ging es mit mir genauso. Da war einfach etwas zwischen uns ... so eine Art Magnetismus. Wir haben uns dann auch ziemlich schnell angefreundet. Zuerst sind wir nur in den Pausen zusammen rumgehangen, aber dann haben wir uns auch mal nach der Schule getroffen und ein paar Mal abends was zusammen gemacht. Es lief einfach irgendwie total easy. Wir können einen ganzen Abend lang miteinander quatschen, stehen auf dieselben Filme, sind einfach gerne zusammen. Darum dachte ich, dass es klar wäre, dass da mehr zwischen uns ist. Ich fand das ganz eindeutig. Aber dann ist einfach nichts weiter zwischen uns passiert – kein Kuss, keine Umarmung, einfach gar nichts ... das hat mich total fertiggemacht. Und ich hab's einfach nicht verstanden. Vor ein paar Tagen habe ich Larissa gefragt, was eigentlich los ist. Warum sie auf der einen Seite oft und gerne Zeit mit mir verbringt, aber andererseits im entscheidenden Augenblick doch immer wieder einen Rückzieher macht. Sie war dann total traurig, hat geweint und so. Schließlich hat sie mir erklärt, dass sie bis vor den Sommerferien mit einem anderen Jungen zusammen war, Konstantin. Die beiden sind zwei Jahre miteinander gegangen und Larissa war wohl echt glücklich mit ihm. Aber dann hat er sie von jetzt auf gleich sitzen lassen wegen einer anderen. Das hat

Larissa völlig aus der Bahn geworfen, sodass sie sich einfach auf nichts Neues einlassen kann, behauptet sie... Tja und jetzt weiß ich nicht so wirklich weiter. Einerseits will ich Larissa zeigen, dass sie mir eine Menge bedeutet und dass ich sie wirklich gerne mag. Aber dann habe ich auch wieder ein schlechtes Gewissen, weil ich sie nicht unter Druck setzen möchte. Ich denke, sie braucht einfach eine Auszeit in Sachen Jungs. Das meinte ich damit, dass ich nicht in sie verliebt sein *darf.* Oh Mann, die ganze Sache macht mich echt fertig! Hast du nicht einen Tipp für mich, wie ich mich verhalten soll?
(Übrigens: Mir gefallen unsere Chats auch sehr. Erstens mag ich dich, obwohl ich dich nicht kenne. Und zweitens habe ich das Gefühl, dich Dinge fragen zu können, die ich niemals fragen würde, wenn wir uns einfach so treffen würden!)

LULU:
Puh! Das war ja 'ne megamäßig lange Nachricht! Dazu sage ich mal spontan Folgendes:
a) Grundsätzlich ist es super, wenn es einfach so läuft!
(Und hey, Magnetismus. Klingt doch perfekt!)
b) Arme Larissa! Liebeskummer ist ein wirklich grauenhaftes Gefühl. Hatte ich mehr als einmal und dachte jedes Mal, ich müsste sterben.
c) Wenn jemand der Vergangenheit nachhängt, hat der »Neue« meist eher schlechte Karten, also wäre ich an deiner Stelle lieber vorsichtig, denn sonst bist du bald bei b).
d) Andererseits: Die Hoffnung stirbt bekanntlich zuletzt. Also gib euch beiden einfach Zeit, sei nett zu ihr, halt den Kontakt und schau, was passiert...

BEN:

Hallo Lulu, hätte gar nicht gedacht, dass du so ein AB-CD-Mädchen bist. So systematisch und ordentlich, sogar in Liebesdingen ... In deinem Zimmer ist es bestimmt auch immer total aufgeräumt, oder? Deine Kuscheltiere stehen in Reih und Glied wie eine Armee. Und wenn du mit Hausaufgaben fertig bist, liegen kein Blatt und kein Stift mehr auf deinem Schreibtisch ... (bevor du fragst: Stimmt, an meinem Schreibtisch kann man gar keine Hausaufgaben machen, weil er unter einem Berg von Sachen begraben ist ...).

LULU:

Frechheit! Da gebe ich »alles« in Sachen Tipps und du hast nix Besseres zu tun, als dich über meine Kuschels lustig zu machen?

BEN:

Sorry, war nicht so gemeint! Musste mich nur mal kurz ablenken, um das alles zu verarbeiten, was du geschrieben hast. Um ehrlich zu sein, so richtig aufbauend war es nicht (»Die Hoffnung stirbt zuletzt ...«). Andererseits weiß ich auch, dass du recht hast. Man muss halt Geduld haben. Aber mal ehrlich: Geduld und Liebe passen so gut zusammen wie Hip-Hop und Mozart. (Bin dir trotzdem dankbar für deine Tipps.)
Darf ich fragen, wie die Lage bei dir und Ballett-Marco ist?????

Sonntag, 7. Oktober

LULU:
Nur so viel: Hab heute Nacht von IHM geträumt...

BEN:
Und? Erzählst du ihm das auch?

LULU:
Niemals.

BEN:
Warum nicht? Vielleicht freut er sich darüber.

LULU:
So weit sind wir aber noch nicht.

BEN:
Aber du würdest dich freuen, wenn es bald so weit wäre?

LULU:
Klar!

LULU:
Also, äh, könnte sein...

BEN:
Dann gib dir endlich selbst einen Schubs und sprich ihn das nächste Mal an und sag ihm, dass du ihn nett findest. Du musst ja nicht gleich mit der Tür ins Haus fallen (»Hallo Marco, ich finde dich super und möchte deine Freundin werden«). Aber zu lange warten ist halt auch nicht so wirk-

lich die beste Taktik... Wenn ihr beide Rentner seid, ist es nämlich zu spät. Falls du es noch nicht wusstest: Jungs können leider keine Gedanken lesen...

LULU:
Ach was! Können sie nicht? Ihr behauptet doch immer, Jungs könnten und wüssten einfach alles????????

BEN:
Klar, das stimmt. ☺ Es gibt nur eine Ausnahme: Sie werden nie verstehen, wie Mädchen ticken. Man könnte auch sagen, Mädchen sind das einzige Rätsel des Universums, das für Jungs unlösbar ist... aber ist das umgekehrt nicht genauso?

LULU:
Darauf gibt es nur EINE Antwort: Ja! Deshalb würde ich es geradezu grandios finden, wenn du mir helfen könntest, ein wenig mehr Licht in diesen Beziehungsdschungel zu bringen.

BEN:
Gerne, aber nur wenn du mir dabei hilfst, das »Mädchen-Rätsel« zu lösen! Wir könnten so etwas wie einen Deal schließen. Du bist mein Mädchen-Coach und dafür lüfte ich für dich die Geheimnisse des Jungs-Kosmos? Deal?

LULU:
Klingt gut.
Deal!

Mittwoch, 10. Oktober

BEN:

Hallo Lulu. Hier ist dein Jungs-Coach Ben. Habe noch einmal über deine Geschichte mit Marco nachgedacht. Also, ich würde es so machen: Sprich ihn an und sag ihm – oder zeig ihm zumindest –, dass du ihn magst. Ganz easy, ohne viel zu sagen. Frag ihn doch, ob er Lust hat, nach eurem nächsten Training noch irgendwo mit dir hinzugehen.

LULU:

Und was ist, wenn er Nein sagt? Oder – noch schlimmer: sich über mich lustig macht und fragt, ob ich noch ganz richtig ticke? (Hey, er ist immerhin der neue STAR unserer Ballett-Kompanie und ich bin scheinbar nicht die Einzige, die auf ihn abfährt.)

BEN:

Man muss schon auch ein bisschen was wagen, wenn man was erreichen will... im Ernst, ich glaube, wenn man verliebt ist, besteht einfach von Natur aus die Gefahr, verletzt zu werden. Es ist halt riskant, sein Inneres nach außen zu kehren. (Hab die Erfahrung ja auch gerade erst gemacht.) Aber mach dir auch nicht so viele Gedanken. Ich kann mir nicht vorstellen, dass dieser Marco dich einfach abblitzen lässt oder dich auslacht. Sieh's doch mal so: Wenn er wirklich der Richtige ist – und er dich auch toll findet –, dann wird er sich freuen, dass du ihn ansprichst. Und sollte er blöd reagieren, den Supermacho raushängen lassen oder sich über dich lustig machen, dann weißt du immerhin, woran du bist. Du kannst eigentlich nur gewinnen.

LULU:
Wow – ich bin echt beeindruckt! Was bist du? So eine Art Frauenflüsterer? Bei dem Talent brauchst du keine 1 in Mathe, denn ich sehe deine Zukunft in ultrarosiges Licht getaucht. Du hast garantiert eine große Karriere als Paartherapeut/Ratgeberautor/Leiter (ach was, BESITZER!) einer Flirtakademie vor dir, gehst mit einem Dating-Portal an die Börse … usw. usf.
Mich hingegen erwartet an der Berufsfront bloß das große NICHTS, so finster, wie es momentan bei mir in Sachen Schule aussieht …

BEN:
Danke für die Blumen! Und liebe Rakete, lass den Kopf nicht hängen! Irgendwann geht es wieder aufwärts. In Sachen Englisch habe ich übrigens auch eine Idee. Die meisten DVDs kann man doch im englischen Original sehen (mache ich auch oft). Das ist die beste Englisch-Nachhilfe, die du dir vorstellen kannst. Man lernt eine Menge und hat auch noch Spaß dabei. What do you think about?

BEN: Wer ist euer wichtigster Berater in Beziehungsfragen?

LULU: Du. ☺

SASCHA T-PUNKT: Meine Mutti!

NERDINATOR:@SASCHA T-PUNKT: Wie bei allen Gays…

NADINE CAT: Hey Nerd, du brauchst offenbar keinen Berater, sondern eine Beziehung!

LULU@NADINE CAT: *gg* – lustig hier bei euch!

NERDINATOR: Falsch, bin allein, aber glücklich!

NADINE CAT: Ich rede mit meiner besten Freundin über solche Dinge. Ich vertrau ihr zu 100 % und kann sie echt alles fragen. Es ist total wichtig, so jemanden zu haben.

ALEX E: Tja, das ist der Vorteil bei euch Mädchen. Ihr könnt über solche Sachen sprechen. Bei Jungs ist das nicht so einfach.

NADINE CAT: Wieso?

ALEX E: Weil Jungs halt nicht so offen sind. Wir machen einfach viel mehr mit uns selbst aus, was eigentlich schade ist. Wünschte, wir wären da etwas gesprächsbereiter.

Freitag, 12. Oktober

LULU:
WHAT a great idea. ☺
Hab gestern Abend PIRATES OF THE CARRIBEAN geschaut (TEIL EINS, der Rest ist eher… nun ja), und was soll ich dir sagen? Johnnys Stimme im Original ist echt der Hammer! Sexy und hot! Das war wirklich eine super Idee, da bleibe ich dran, danke. ☺ Bin übrigens sehr gerührt, dass du dir das gemerkt UND auch noch so einen tollen Vorschlag gemacht hast.
Verspätetes PS: Ich habe meine Kuscheltier-Armee bereits mit zwölf verschenkt!!!!! (Teile von ihr an Fynn, ich geb's zu. Da kann ich sie immer mal besuchen. ☺)

BEN:
☺

Montag, 15. Oktober

LULU:
Puuuhhh! Hey Ben, bist du gerade da? Bin vollkommen aufgewühlt und könnte gut deinen Rat bzw. deine Meinung brauchen.

LULU:
Ben ???????

LULU:
Okay, egal! Ich schreib jetzt einfach mal drauflos und hof-

fe, dass du irgendwann in diesem Leben wieder in deine Nachrichten guckst. Also: Angestachelt von deinem Vorschlag habe ich gestern nach dem Training Nägel mit Köpfen gemacht und Marco gefragt, ob er mir tanztechnisch helfen könnte. Momentan habe ich blöderweise echt Probleme mit der neuen Choreo. Er erstaunlicherweise nicht, obwohl ER ja neu in unserer Kompanie ist und nicht ich.

Na ja, jedenfalls, was, glaubst du, ist dabei herausgekommen? Wir sind für morgen Abend verabredet!! Ich soll zu ihm nach Hause (!!!) kommen. Er hat im Keller ein kleines Studio mit Spiegeln, Stange, Anlage und allem Drum und Dran.

Und nun habe ich zwei Fragen an dich:

a) Ist das nun ein Date oder einfach nur kollegiales Balletttänzer-Treffen?

b) Was soll ich deiner Ansicht nach anziehen? Normalerweise ist meine Cousine Nelly für solche Sachen »zuständig«, aber die ist gerade mit ihrem Freund im Kino. Ist sexy mit Ausschnitt übertrieben und sollte ich lieber auf züchtige »Ballettelfe« machen?

BEN:

Liebe Lulu, zwischen uns liegen offenbar nicht nur 600 Kilometer Luftlinie, sondern eine intergalaktische Entfernung. Mars – Erde, mindestens. Wobei ich betonen will, dass du auf dem Mars lebst. Darum hast du bestimmt auch diese Rakete als Symbol gewählt.

LULU:

Hö, warum?

BEN:

Weil du behauptest, dass du »Nägel mit Köpfen« gemacht

hast. Ich dachte, jetzt kommt die Hammer-Story von wegen du hast Marco gesagt, dass du was von ihm willst, ihr habt den Abend miteinander verbracht und seid euch dabei so richtig nahegekommen.
Aber – nix, weit daneben. Du hast ihn nur gefragt, ob er dir HELFEN kann??? Meine Meinung in Kurzform: Man kriegt immer das, was man bestellt. Willst du ein Date mit ihm? Dann mach eins draus!

LULU:
Apropos mach eins draus: Was ist denn nun mit dir und L.?

BEN:
Wenn ich das wüsste… bin aber immerhin ein kleines Stück weitergekommen. Habe jetzt beschlossen, ihre Sorgen zu akzeptieren und sie nicht zu irgendwas zu drängen. Und das bedeutet ja nicht, dass ich sie jetzt nicht mehr treffen kann. Dazu hat sie schließlich auch Lust. Ich bleibe also sozusagen offen für alles, was kommt, und hoffe darauf…

LULU:
…dass sie endlich erkennt, was für ein Traumtyp du bist. ☺

BEN:
So hab ich mir das auch gedacht. ☺ Eine Sache fällt mir noch ein – in Sachen Marco. Er möchte mit dir in sein Spiegel-Keller-Studio gehen? Klingt irgendwie… seltsam. Hmmm. Kurze Frage: Wie alt ist dieser Marco eigentlich? Aber jetzt nicht denken, dass ich mir Sorgen um dich mache oder so!
Ach ja und noch was. Total nett, dass du mich auch in Sachen Styling zu deinem Berater gemacht hast. AUSGERECHNET MICH. Meine Exfreundin, Sofia, hat immer

gesagt, ich würde so viel von Mode verstehen wie ein Metzger von vegetarischem Essen. Fand ich ehrlich gesagt immer unfair, den Vorwurf. Ich trage grundsätzlich Jeans und T-Shirt, damit kann man doch eigentlich nichts falsch machen, oder?

LULU:

Kann jetzt irgendwie nicht behaupten, dass mich deine Antworten weiterbringen, aber danke trotzdem. ☺
Keine Ahnung, ob ich auf einen Typen hören soll, der immer nur dasselbe trägt (oder heißt es das Gleiche?!).
Scheint mir genauso eindimensional zu sein wie deine Einschätzung zu Marcos Spiegelkabinett. Nur zu deiner Beruhigung: Er ist 17. Und diese Utensilien, die deine Fantasie so angeregt haben, gehören ebenso zur Grundausstattung von Tänzern wie Korb und Ball zu deiner Schwarzen Mamba. Über den Punkt mit der »Bestellung« werde ich allerdings nachdenken. Klingt ein bisschen nach diesen Eso-Büchern, die gerade die Bestsellerlisten stürmen: Bestellungen ans Universum usw.

BEN:

Liebe Lulu,
ich bestelle lieber was beim Kellner als beim Universum (frage mich gerade, ob man dem Universum eigentlich Trinkgeld geben muss, wenn die Bestellung ausgeführt wurde?!). Also, was ich eigentlich sagen wollte: Mit Esoterik hab ich genauso wenig am Hut wie mit Mode …
Du klangst in deiner letzten PN so … genervt. Kannst du es nicht so ab, wenn sich jemand Sorgen um dich macht? Also, wenn ja, kann ich dich beruhigen – mache ich nicht! Ich wollte dich nur vorwarnen und verhindern, dass der Abend bei Marco zu irgendeiner bösen Überraschung wird.

Aber die Gefahr scheint ja nicht zu bestehen. Darum komme ich noch mal auf deine Frage nach dem Styling zurück: Ich würde den sexy Ausschnitt nehmen. Schließlich willst du wissen, woran du bei ihm bist – ob er auf dich steht oder nicht.
Ich drücke die Daumen, dass es ein super Abend wird!!!

LULU: Habe gerade mit einem Typen zu tun, der nur Jeans und T-Shirt trägt. Klingt ein bisschen langweilig für mich Fashionista. Dachte, Jungs legen mittlerweile etwas mehr Wert auf ihr Äußeres. Und haben Fantasie!

NELLYROSAROT17: Wovon träumst du?

FEE39: Wieso? Wäre dir ein Junge OHNE Jeans und T-Shirt noch lieber? *gg*

NERDINATOR: Soll ich dir ein Foto von mir schicken? Ohne Jeans und T-Shirt?

LULU@NERDINATOR: Worauf wartest du?

NELLYROSAROT17@NERDINATOR: Poser!

ZEITREISEQUEEN: GÄHN ... wozu hat der liebe Gott eigentlich den G-Star Flagstore erfunden? Oder BOSS ORANGE. Schieß den Typen lieber ab, Lulu. Wahrscheinlich ist seine Haltung zu Klamotten die gleiche wie zu Mädchen ...

NERDINATOR@NELLYROSAROT17: Klar, für dich pose ich besonders gerne. Kriegst auch ein Foto von mir.

NELLYROSAROT17@NERDINATOR: Sorry, aber ich habe heute leider KEIN Foto für dich!

HIBISKUSBLÜTE@ZEITREISEQUEEN: Wir sind komplett einer Meinung. HEIRATE MICH! ☺

NELLYROSAROT17: Wenn DAS passiert, komme ich in Jeans und T-Shirt zur Kirche (da stehst du ja anscheinend drauf).

FEE39@NELLYROSAROT17: Ich will ein Kind von dir!

NELLYROSAROT17: Geht auch ein Kindle?

Donnerstag, 18. Oktober

BEN:

Hey Lulu. Bist du da?

BEN:

Nein? Schade, habe lange nichts von dir gehört. (Lange?! Na ja, drei Tage ... Bin es mittlerweile irgendwie schon fast gewohnt, jeden Tag mit dir zu chatten.) Wollte dich kurz in Sachen Larissa updaten. Komme mir im Moment vor wie eine Biene, die ständig gegen die Fensterscheibe fliegt ... soll heißen, ich kann die super Welt da draußen zwar sehen, aber ich kann sie nicht erreichen. Das ist echt nicht einfach. Wir haben uns gestern getroffen und waren zusammen bowlen – war superlustig. Am Anfang waren ein paar ihrer Freunde dabei. Aber ich war dann doch ganz froh, als wir endlich alleine waren und noch zusammen ins Café gehen konnten. Ich habe ihr dann einfach gesagt, wie ich mich fühle – von wegen gegen eine Scheibe fliegen usw. Larissa hat gelächelt und gesagt, dass es ihr genauso geht, dass sie aber in erster Linie mehr Zeit braucht, bis die Konstantin-Wunde verheilt ist. Dabei hat sie mir die ganze Zeit in die Augen gesehen und ich habe gemerkt, dass sie es wirklich ernst meint und ich einfach noch Geduld haben muss. Bin also nicht wirklich weitergekommen und trotzdem ganz zufrieden. Hoffe, dir geht es mit Marco genauso!

Freitag, 19. Oktober

BEN:
Immer noch keine Antwort... grummel. Ok, ich geb's zu: Ich bin neugierig. Wie war denn nun dein Date mit Marco, dem Ballett-Gott? Ist er auch ein Flirt-Gott? Ein Knutsch-Gott? Ein... keine Ahnung... Universal-Lulu-Glücklich-mach-Gott?

LULU:
Muss zugeben, dass du einen äußerst verwirrenden Tag zum späten Abend hin noch ein wenig heller machst.

BEN:
Schieß los, womit hab ich dich erleuchtet? ☺

LULU:
Tja, also: Eigentlich hätte ich dir jetzt gern erzählt, dass mein Date mit Marco GÖTTLICH war. Irgendwie war es das auch. Alles war toll, er war total süß... äh, ich meine super, bis er MEHR wollte...

BEN:
Grübel. Verstehe das Problem nicht – ich dachte DU wolltest auch MEHR?!

LULU:
Ja, geht mir genauso: Versteh mich selbst auch nicht so richtig im Moment. Als Marco mich aus heiterem Himmel geküsst hat (das kann er übrigens RICHTIG gut), war eigentlich alles genau so, wie ich es mir erträumt hatte. Womit ich nicht gerechnet hatte, war allerdings (ja, nenn

mich ruhig naiv, ich sag nur Spiegelkabinett), dass diese Küsse nur der Auftakt zu ... ja ... eben MEHR sein sollten. Um ganz ehrlich zu sein – ab jetzt hast du mich in der Hand –, ich habe ES bis jetzt noch nie getan und würde mir das alles gern für einen Zeitpunkt aufheben, der in meinen Augen passender ist. Und vor allem würde ich ihn gern selbst bestimmen!

BEN:
Wow! ... Das musste ich erst einmal verdauen. Ich glaube, so etwas hat mir noch nie ein Mädchen anvertraut, schon gar nicht, wenn es nicht mit mir zusammen war. Aber mach dir keine Sorgen, dein Geheimnis ist bei mir gut aufgehoben (von wegen »in der Hand haben«).

LULU:
DANKE. ☺

BEN: Geheimnisse sind etwas Seltsames. Eigentlich ist es eine Ehre, wenn jemand einem etwas Wichtiges anvertraut. Aber dann gibt es auch Geheimnisse, die man lieber nie erfahren hätte...

SASCHA T-PUNKT: Ich habe neulich ein Geheimnis gepostet, sodass es jeder lesen konnte. Das Mädchen, das es mir anvertraut hat, war total sauer. Dabei hatte ich ihr nur versprochen, es nicht weiterzuERZÄHLEN. Von Posten war keine Rede. ☺

LULU@SASCHA T-PUNKT: *LOL*

TOM BOMBADIL: Und da bist du stolz drauf???

NADINE CAT: Ich finde, Ben hat recht. BEVOR man jemandem ein Geheimnis anvertraut, sollte man denjenigen fragen, ob er bereit dazu ist. Geheimnisse können eine Last sein.

ALEX E: Geheimnisse können Menschen aber auch verbinden – dann gehören die, die es kennen, sozusagen einer Geheimnisgesellschaft an. Cool.

SANDRA: Ich kann nichts für mich behalten, darum sollte man mir eigentlich keine Geheimnisse anvertrauen.

NERDINATOR: Das gilt für alle Mädchen, Sandra.

LULU@NERDINATOR: Also es ist jedenfalls kein Geheimnis, dass du wirklich seltsam bist! Um es mal höflich auszudrücken.

NELLYROSAROT17@LULU: Endlich mal jemand, der seltsam ist!

SONJA GONZALES: Blödsinn. Ich würde nie ein Geheimnis weitertratschen. Neulich hat mir zum Beispiel meine Freundin Tatjana Meradi anvertraut, dass sie in unseren Mathelehrer (Herr von der Linde von der Clara-Schumann-Schule in Herzogenaurach) verliebt ist. Das würde ich nie jemandem erzählen. Ich halte dicht.

ALEX E: Sorry, Sonja, aber du bist leider NICHT ganz dicht.

TATJANA MERADI: Hallo Sonja, freu mich schon, dich morgen in der Schule zu sehen – falls du dich traust, dort aufzukreuzen...

Samstag, 20. Oktober

BEN:
Hallo Lulu. Bist du da? Kann ich dich noch was zu Marco und dir fragen?

LULU:
Klar, kann nur nicht sagen, ob ich auch antworten werde. ☺

BEN:
Wie hat Marco denn reagiert, als er gemerkt hat, dass du keine Lust hattest, mit ihm die ganze Achterbahn zu fahren?
War er sauer? Oder warst DU sauer?

LULU:
Blöde Frage! Wie reagierst du denn in solchen Situationen?

LULU:
Hallo?

BEN:
Sorry, musst jetzt kurz überlegen, ob ich dir das anvertrauen will. Aber ich hab das Gefühl, dass du eigentlich gar keine Fremde, sondern schon fast eine Freundin bist. Also: Ich hab ja schon mal meine Exfreundin Sofia erwähnt. Wir haben es im letzten Sommer »getan«. Allerdings wollten wir es zu dem Zeitpunkt beide. Keine Ahnung, wie ich reagiert hätte, wenn sie Nein gesagt hätte … ich hätte es zwar schade gefunden, aber natürlich akzeptiert. Ehrensache. War das bei Marco anders?

LULU:

☺ ☺ Das hat mich jetzt gefreut! ☺ Ja, geht mir auch so. Bist alles andere als fremd für mich. Zu Marco: Ja, er hat es zum Glück akzeptiert. Was bestätigt, dass mich mein Bauchgefühl nicht betrogen hat. Er ist der Richtige für mich. Und genau deshalb macht es mich so fertig, dass er sich bis jetzt nicht gemeldet hat. (By the way: Hast du mal auf die Uhr geschaut? Zwei Uhr morgens.) Mein Vater killt mich, wenn er sieht, dass ich noch on bin. Wir haben hier regelmäßig Stress wegen etwas, das meine Eltern MEDIENZEIT nennen. Ich muss mir einteilen, ob ich sie bei DVDs/Fernsehen, an der Wii oder am Läppi verbrauchen will. Zum Glück ist es nicht ganz so krass wie bei meiner Freundin Pia, wo der Vater auf ihrem Laptop ein Sicherheitssystem installiert hat, das automatisch nach drei Stunden dafür sorgt, dass nichts mehr geht... aber nervig sind diese Diskussionen trotzdem. Insgesamt versuche ich, buddhamäßig cool zu bleiben. Obwohl: Mist – ich höre meine Eltern. Bin jetzt OFF. Gute Nacht, schlaf schön. ☺ See you tomorrow. ☺

BEN:

Ich antworte trotzdem, kannst du dann ja tomorrow lesen. Ich kenne dieses Big-Brother-Programm, von dem du geschrieben hast – und habe zufällig ein Gegenprogramm, mit dem man das Ding lahmlegen kann. ☺ Kannst deiner Freundin also gerne anbieten, dass sie sich mit mir verlinkt. Alles in allem nervt es höllisch, wenn man solche Analog-Eltern hat, die einfach nicht kapieren, dass heutzutage das wahre Leben nun auch mal im Netz stattfindet (meine Eltern sind so ein Mittelding. Meistens kann ich machen, was ich will. Ab und zu haben sie so Verbotsanfälle, die sie aber am nächsten Tag meistens selbst wieder vergessen haben).

Apropos zwei Uhr morgens: Ich haue mich jetzt auch endlich hin. Gute Nacht, Lulu.

BEN: Die Politiker reden ständig davon, dass wir in einem FREIEN Land leben. Sehen die nicht, dass uns Jugendlichen ständig alles Mögliche VERBOTEN wird? Wir sind also alles andere als frei.

NERDINATOR: Verbote sind dazu da, übertreten zu werden. Wir sollten also dankbar dafür sein – sonst wär's doch langweilig. ☺

NELLYROSAROT17@NERDINATOR: … nicht selten endet so was im Knast, aber wenn du drauf stehst … nur zu! Ich besuch dich aber nicht, damit das schon mal klar ist!

NERDINATOR@NELLYROSAROT17: Ich bin so scharf, dass ich hinter Gitter muss! ☺ Schade, dachte, du bringst mir einen Kuchen mit Pfeilen drin mit.

NELLYROSAROT17@NERDINATOR: Wie wär's mit FEILE? Oder meinst du Pfeil und Bogen, damit du den Wärter …

TOM BOMBADIL: Meine Eltern verbieten mir auch alles Mögliche. Aber das hält mich selten davon ab, es trotzdem zu tun. Freiheit wird einem nicht geschenkt, die muss man sich nehmen.

NERDINATOR@TOM BOMBADIL: Ich verbiete dir, hier weiter etwas zu posten.

Sonntag, 21. Oktober

BEN:
Guten Morgen, Lulu. On? (Ich weiß, dass kein normaler Mensch um 14 Uhr Guten Morgen sagt. Bin Opfer meiner Chrono-Biologie, sprich Langschläfer. ☺)

LULU:
Ich weiß genau, was du meinst. Sitze hier (sehr zum Ärger meiner Eltern) noch im Schlafi rum und starre mein Handy an. Doch es spielt TOTES MOBIL. Immer noch keine Nachricht von Marco. Vielleicht ist ja auch ER tot. An sich müsste ich jetzt mit Paulchen raus. (Ma: »Es ist sooooo ein strahlend schöner Oktobertag, Liebes. Die frische Luft wird dir guttun. Du bist ein bisschen blass um die Nase.) Aber ich verharre in Schockstarre, falls du dieses Gefühl kennst.

BEN:
Schick Marco doch eine MMS von dir im »Schlafi«, das erweckt ihn bestimmt wieder zum Leben. (Oder trägst du etwas mit Teddybär- oder Hello-Kitty-Motiv, was ihn nur endgültig killen würde?)
(PS: Meine Eltern animieren mich auch immer dazu, nach draußen zu gehen. Sie verstehen einfach nicht, dass frische Luft für Menschen unter 18 total ungesund ist.)

LULU:
Von wegen Hello Kitty. Nein, ich sitze hier in einem sexy Nighty aus schwarzer Seide. Zufrieden?

BEN:
Ich glaube, du weißt, wie man einen Jungen in Schwin-

gungen versetzt – nur um ihn dann im Regen stehen zu lassen. Nicht nett, so etwas.

LULU:
Mögt ihr Typen eigentlich FRENCH-Nails? PS: Natürlich trage ich in Wahrheit KEIN schwarzes Nighty, sondern ein stinknormales Schlaf-Shirt.
MOTIVFREI!

BEN:
Gegenfrage: Warum finden manche Mädels eigentlich ihre Fingernägel wichtiger als so ziemlich alles andere in ihrem Leben? So viel steht nämlich fest: Kein Typ findet ein Mädchen gut, das so monster-manikürte Nails mit Motivbildern von kleinen Delfinen und Strasssteinen hat. (Vor allem weil sie damit ja gar nichts anfassen können. ☺)

LULU:
Diese Frage würde ich dir liebend gern beantworten. Aber: Ich kann es nicht! Ich trage meine Nägel nämlich kurz. Sorry, muss an dieser Stelle leider aussteigen: Meine Mutter hat gerade eine neue Ansage gemacht und die lautet: Hausflur putzen. Und danach natürlich auch noch mein Zimmer. Sonst gibt's heute Abend kein Taschengeld. *Augenroll*

BEN:
Oje! Weiß genau, wie du dich fühlst. Meine Eltern sondern auch regelmäßig solche Putz-Befehle ab: Zimmer aufräumen, Wohnzimmer staubsaugen, Müll rausbringen … führt bei mir immer zu kurzfristiger Taubheit und absoluter Bewegungsstarre. Was aber langfristig leider nichts nützt. Sie finden immer eine Möglichkeit, mich zu erpressen. Zum

Beispiel die Nummer mit dem Taschengeld. Finde ich echt das Hinterletzte, schließlich ist Taschengeld ein von der UNO festgelegtes Grundrecht der Minderjährigen ... Frage in Sachen Taschengeld: Jobbst du eigentlich neben der Schule, um deine Kasse aufzubessern?

LULU:
Wenn es nach meiner Finanzlage ginge, sollte ich eigentlich dringend. Fakt ist aber, dass ich durch die vielen Nachhilfestunden und das Balletttraining echt keine Zeit für so was habe. Von daher bin ich mehr als »erpressbar« und darauf angewiesen, dass meine Eltern gelegentliche Anfälle von Großzügigkeit an den Tag legen. Und du?

BEN:
Du erpressbar, ich Espressobar! Ich jobbe zweimal in der Woche für ein paar Stunden in einem Café, so eine Art Starbucks. Das macht echt Spaß, vor allem wenn ich Tresendienst habe und als Barrista herumwirbeln kann. Aber es ist bei mir ähnlich: Mit Basketball-Training und dem ganzen Schulzeug bin ich auch so oft genug im Stress.

LULU:
Verstehe ... du bist also vermutlich so etwas wie der STAR bei (Nicht-)STARBUCKS. ☺ Sehe Horden von Mädels groupiemäßig im Café abhängen und ihr ganzes Taschengeld auf den Kopf hauen, nur um in DEINER Nähe zu sein ...

BEN:
☺ ☺ ☺

Mittwoch, 24. Oktober

BEN:

Warum wissen Mädchen eigentlich nie, was sie wollen? Warum? Warum? Warum?

LULU:

Haben wir ein Problem mit Larissa?

BEN:

Haben wir! ☺ Aber im Ernst: Ich fühl mich im Moment, als würde ich an einem endlos langen Bungee-Seil hängen – hoch, runter, hoch, runter. Nur dass es eher nah, fern, nah, fern ist. Mal ist Larissa meine Freundin (denke ich jedenfalls) und dann wieder ist sie meilenweit weg… Ich frage mich, wann das Ganze endlich mal zum Stillstand kommen wird! Gestern Abend haben wir uns wieder getroffen und alles fing super an. Wir waren zuerst etwas essen, in einem American Diner. Da stehen wir beide total drauf, weil sowohl ich als auch Larissa letztes Jahr zum Schüleraustausch in den USA waren, sie in Boston, ich in Dallas. Btw, that's why I am almost perfect in English. ☺ Wir haben Burger gegessen und über die MTV-Clips gesprochen, die auf den Flatscreens liefen. Musikgeschmacksmäßig sind wir absolut auf einer Linie, wie wir wieder einmal gemerkt haben. Nächstes Wochenende wollen wir vielleicht zusammen auf das Jason-Mraz-Konzert gehen. Ich möchte Larissa eigentlich gerne einladen, aber damit sind wir wieder beim Geld-Thema! Man muss heutzutage echt Millionär sein, um sich Konzert-Tickets leisten zu können… Danach sind wir einfach so durch die Straßen spaziert, haben in Wohnungsfenster hineingeschaut und uns vorgestellt, wer da wohl lebt... es war – Attention! You're entering the Kitsch-Zone – MEGA-ROMANTISCH. Vor allem, als sie meine Hand genommen hat, einfach so, als wäre es etwas ganz Selbstverständliches... Es war total verrückt, weil ich am liebsten die Luft angehalten und mich nicht mehr bewegt hätte – alles, damit sie mich nie wieder loslässt. Kommt dir jetzt vielleicht komisch vor, dass ein Typ so etwas schreibt, vor allem einer, der das erste Mal ja schon hinter sich hat. Ist Händchenhalten da nicht fast albern? Aber es war einfach toll. Auch das erste Mal beim Händchenhalten ist jedes Mal wieder gigantisch!! ☺ Na ja, aber dann mussten wir uns verabschieden und da bin ich dann wieder mal ziemlich hart auf dem Boden aufgeschlagen, als wäre das Bungee-Seil gerissen, an dem ich gerade hänge. Ich war mir so sicher, dass wir uns mit einem leidenschaftlichen Kuss voneinander trennen würden. Aber nix war. Sie hat mich, bevor sie in die U-Bahn stieg, nur kurz angesehen und gesagt: »Tschüss, Ben. Wir sehen uns morgen in der Schule...« Vor allem wie sie es gesagt hat, hat mich fertiggemacht. Sie hat so getan, als wär ich irgendein Kumpel, den sie gar nicht so gut kennt. Hat nur noch gefehlt, dass sie nicht Ben, sondern Herr Schumann gesagt hat...

LULU:
Oha! Herr Schumann... OMG, tut mir echt leid, dass das mit euch so ein Auf und Ab ist. Habe keine Ahnung, was ich dazu sagen soll. Eine gewisse Launenhaftigkeit kenne ich ja von mir auch (heute mag ich Nutella, morgen ist es Teufelszeug für mich), aber euer Ding ist nun wirklich EINIGE Stufen härter.
Ich würde sagen: Sprich sie direkt auf die Aktion an und mach ihr klar, dass du keinen Bock auf Spielchen hast, weil

du sie wirklich magst. Du hast mir ja neulich etwas ganz Ähnliches geraten. Es wird dann hoffentlich genauso sein, dass ihre Reaktion auf deine Ehrlichkeit dir zeigt, ob SIE die Richtige ist für dich oder nicht. Kopf hoch – das wird schon wieder!!!!!

BEN: Das Leben kommt mir oft wie eine Achterbahn vor. Aber mal ehrlich, das ist immer noch besser, als wenn es wie in der Geisterbahn wäre! Oder wie ein Autoscooter!

NERDINATOR: Cool wäre halt 'ne Mischung – dann könnte man sagen: Mein Leben ist wie ein Rummelplatz.

ALEX E: Was hast du gegen Geisterbahnen?

NADINE CAT: Mein Leben soll wie ein Kettenkarussell sein. ☺

LULU@NADINE CAT: Ich hätte lieber nur die Kette. Vorausgesetzt, sie ist silbern. Gold steht mir nämlich nicht so.

TOM BOMBADIL@NADINE CAT: Wieso, drehst du dich so gerne im Kreis?

NADINE CAT: Nein, ich mag es schwungvoll. Leider gibt es wenig Jungs, die diese Vorliebe teilen.

NERDINATOR: Ich bin dabei, Nadine. Muss nach dem Karussellfahren allerdings immer kotzen. Hoffe, das stört dich nicht.

LULU@NERDINATOR: So was nennt man dann wohl KETTENreaktion!

TOM BOMBADIL: Ich finde, Ben hat recht. Das Leben IST eine Achterbahn. Schlimm ist nur, dass die Leute, wenn sie älter werden, das zu anstrengend finden und dann den Fernsehsessel vorziehen …

ALEX E: DAS wäre doch 'ne schöne Mischung. Ein Fernsehsessel, der auf Knopfdruck zur Achterbahn wird!

Freitag, 26. Oktober

LULU:

Wie gut, dass wir endlich Herbstferien haben!
Ich bin so durcheinander, dass ich mich momentan auf fast nichts anderes konzentrieren kann als auf Marco, mich und... dich... und Larissa. Ich denke nämlich andauernd darüber nach, wieso ein Typ, mit dem ich das erste Mal verabredet bin, gleich MEHR will als nur küssen. Muss denn das bei euch immer gleich so schnell und alles auf einmal gehen? (Obwohl: Du hast mir ja gerade geschrieben, dass du ab und zu auch gern mal nur Händchen hältst.) Aber so grundsätzlich scheint es gerade so, als ob Sex das Einzige ist, was euch an uns Mädchen so richtig interessiert. Außerdem frage ich mich, wie schnell man den Schlampen-Status weghat, wenn man auf so eine Sache eingeht?!

BEN:

Bin auch froh, dass endlich Ferien sind (wenn auch nur zehn Tage). Mein Plan für die Zukunft ist, reich zu werden, so à la Walden Schmidt – und nur noch Freizeit zu haben (und genug Geld, um meine Lieblingsbands zum Privatkonzert einzuladen. Du wärst natürlich dabei, Lulu). Übrigens: Willst du wirklich wissen, ob Sex das Einzige ist, was uns Jungs an einem Mädchen interessiert?

LULU:

Ich weiß NICHT, ob ich die Antwort wirklich verkrafte...

BEN:

Dann halt dich fest! Nein, ist es nicht. Aber Sex interessiert uns eben AUCH!

LULU:

Du meinst also, neben SEX findet ihr auch Sex ganz spannend, wenn ihr nicht gerade sowieso mit Sex beschäftigt seid. Oder an Sex denkt. ☺

(Klären wir die Frage, wer dieser Walden Schmidt ist, ein andermal, ja?)

BEN:

VORURTEIL! Erstens stimmt es gar nicht, dass Jungs nur Sex im Kopf haben. Außerdem gibt es auch Mädchen, auf die das zutrifft.

LULU:

... aber die haltet ihr doch für Schlampen!

BEN:

Quatsch! Die finden wir sogar richtig klasse. ☺ Außerdem glaube ich, dass du dir die Sache zu einfach machst. Es ist für einen Typ gar nicht so einfach herauszufinden, wie er sich verhalten soll. Ab und zu reagieren Mädels nämlich auch seltsam, wenn ein Junge mal NICHT auf Sex aus ist!

(Hatte übrigens vergessen, dass du ja auf dem Mars lebst. Und dass dort offenbar »Two and a half men« nicht ausgestrahlt wird. Sonst wüsstest du, wer Walden ist ...)

LULU:

Wie jetzt?

BEN:

Sofia, meine Ex, zum Beispiel war immer total komisch, wenn ich mal an einem Abend nichts von ihr wollte. Dann dachte sie sofort, ich fände sie nicht mehr attraktiv oder ich hätte mich in eine andere verliebt. Darum meine Gegenfrage: Warum geben Mädchen einem Jungen immer das Gefühl, dass er entweder zu viel oder zu wenig will? Wie war das eigentlich genau mit Marco? Gibt es Neuigkeiten?

LULU:

Ja und nein. Wir hatten ein zweites Date. Es war toll, aber dann gab es leider so etwas wie eine Wiederholung vom ersten. Wir haben uns wieder in seinem Kellerstudio getroffen. Zuerst haben wir an der Choreo gearbeitet und später einfach so unterhalten. Na ja, irgendwann sind wir uns wieder nähergekommen. Es war superschön, jedenfalls am Anfang. Er hat mich geküsst und an meinem Ohrläppchen geknabbert (finde ich ziemlich heiß!). Dabei löste er die Schlaufe meiner Ballettwickeljacke und flüsterte, dass er sich genau in dem Moment in mich verknallt hat, als ich damals bei der Party aufgetaucht bin. (Klingt unfassbar, ich weiß.) Danach schob er die Hände unter mein Shirt und murmelte »Davon habe ich schon geträumt, als du vorhin im Studio zur Tür hereingekommen bist«, aber genau DA wurde es mir zu viel. Also habe ich ihn ein bisschen weggeschoben und ihm gesagt, dass wir uns erst mal besser kennenlernen sollten usw. usf. Dass ich ES noch nie getan habe, wollte ich ihm natürlich nicht auf die Nase binden. Bin schließlich fast die Einzige in meinem Freundeskreis, bei der das so ist.

BEN:

Aber alles in allem klingt das doch echt toll. Ich meine, ihr seid jetzt ein richtiges Paar, oder? Genau so, wie du es dir gewünscht hast!

LULU:

Ja, schon, aber ich habe eben auch Angst, dass Marco Dinge von mir erwartet, die ich einfach nicht kann. Und auch nicht möchte.

BEN:
Das ist doch völlig in Ordnung. Ich meine, wäre doch am einfachsten, wenn du ihm sagst, was bei dir Sache ist? Und dass du eben noch nie...

LULU:
Seufz! Ach Ben. Wenn ich mit dir chatte, dann klingt das alles ganz easy. Aber wenn ich dann mit Marco zusammen bin, komme ich mir plötzlich so... kindisch vor. Es ist ein bisschen so wie das, was du von Sofia erzählt hast. Ich kann sie supergut verstehen. Weißt du, in Videos und Filmen wird andauernd rumgemacht, alle sind (egal wie jung) halb nackt und scheinbar hat jeder das Wort SEX auf die Stirn tätowiert. Das will man einerseits auch machen und zur Kategorie HOT GIRL gehören, andererseits kommt man kaum mit den eigenen Gefühlen hinterher. Es ist eben nicht so einfach zuzugeben, dass man Angst hat. Oder einfach keine Lust, weil man gerade viel lieber kuscheln möchte. Verstehst du, was ich meine? Oder rede ich nur Quatsch??

BEN:
Nein, ganz bestimmt nicht. Du hast mich nur nachdenklich gemacht. Weil es mir ehrlich gesagt ähnlich geht. Jungs wollen auch HOT sein, gut aussehen, umschwärmt werden... aber das ist ja nicht alles. Ich finde es auch wichtig, mich mit dem Mädchen, mit dem ich zusammen bin, gut zu verstehen. Ich möchte über alles reden können.

Samstag, 27. Oktober

LULU:
Noch mal zu »Two and a half men«: Irgendwie wundert es mich, dass du so eine sexistische, frauenverachtende Serie schaust. Ich hab mal in eine Folge reingezappt (mit Ashton Kutcher) und finde das Ganze... na ja .... Girls-Humor ist halt ein anderer. Aber ich nehme an, du hast deine Gründe, diese Serie zu mögen. (Vermutlich dieselben, die mich dazu bringen, an manchen Abenden fünf Folgen Gossip Girl hintereinander zu schauen. Das hat trotz des ganzen Zickenkriegs immer etwas Beruhigendes, wenn ich mich mies fühle.)

BEN:
Kenn ich gut – ab und zu muss man Serien in Serie sehen! (fünf Folgen Minimum.) Hab auch schon mit Alex zusammen fast 'ne ganze Staffel »Dr. House« am Stück gesehen. Seltsam finde ich allerdings, dass du eine Serie, in der es ausschließlich um Zickenkrieg und Intrigen geht, »beruhigend« findest. ☺

LULU:
Beunruhigende Vorstellung, nicht wahr? Ich mag den Intrigen-Kram eigentlich gar nicht so, aber ich finde den Look der Hauptdarstellerinnen toll – und ich gebe zu, der eine oder andere Typ ist auch sehr, sehr hot! (Love Chuck Bass. ♥)

BEN:
Stimmt schon. Wenn ich schlechte Laune habe, gibt es oft kein besseres Mittel für mich, als ein paar Stunden *Snipers*

zu spielen. Oder *Hard Reset.* Wenn ich ungefähr hundert Leute kaltgemacht habe, ist meine Laune wieder top ...

LULU:
MASSENMÖRDER!

BEN:
INTRIGANTIN!

LULU:
Leben und leben lassen, nicht wahr. ☺

BEN:
☺

LULU: Ich sag nur eins: LEBEN UND LEBEN LASSEN.

HIBISKUSBLÜTE: Live and let die? Hast du gerade einen BOND-Film gesehen? (Und wenn ja: WARUM?)

ZEITREISEQUEEN: Nicht umsonst ist Hamburg eine weltoffene Stadt. ☺ Aber warum postest du das jetzt gerade?

LULU@ZEITREISEQUEEN: Weil ich gerade überlege, ob ich Kontakt zu jemandem haben will, der Spaß an Ballerspielen hat.

SASCHA T-PUNKT: Wenn ich euch Mädels hier so zuhöre, würde ich eher sagen: Reden und reden lassen!

NERDINATOR: Lesben und Lesben lassen!

LULU@NERDINATOR: Danke für deinen überaus wertvollen Beitrag!

NELLYROSAROT17@NERDINATOR: *Schmeiß-weg*

SASCHA T-PUNKT@LULU: Hast du was gegen Ballerspiele? Was spielst du denn sonst?

LULU@SASCHA T-PUNKT: Kann nur Ballspiele.

NERDINATOR@NELLYROSAROT17: Schmeißt du dich eigentlich in meine Richtung? Lass es lieber. Bin stachelig!

Sonntag, 28. Oktober

BEN:

Hey Lulu, stelle gerade etwas Seltsames bei mir fest. Obwohl ich jetzt eigentlich eine DVD mit den neuesten Folgen von »The Wire« einschieben könnte, zieht es mich viel mehr an den PC, um dir zu schreiben ... Ich habe mir Gedanken über unser Thema von gestern gemacht. Darüber, ob Mädchen, die gleich voll durchstarten, sofort als »Schlampen« angesehen werden. Dazu ist mir etwas eingefallen: Bei uns an der Schule gibt es ein Mädchen, das Tanja heißt. Alle Jungs wissen, dass die immer sofort aufs Ganze geht. Und sie ist echt *hot!* Allerdings – genau so, wie du gesagt hast – Sie sieht toll aus und alles, aber sonst?! Ich würde jedenfalls mein Glück nicht unbedingt bei ihr versuchen. Ich verrate dir auch, warum – aber du musst bei deinem Leben schwören, dass du es nicht rumtratschst.

LULU:

Ich weihe höchstens meine Cousine Nelly ein – aber die hält absolut dicht.

BEN:

Okay, ich verlass mich drauf. Jedenfalls war diese Tanja schon mit allen möglichen Jungs zusammen. Ich bin mir darum gar nicht so sicher, ob sie sich nicht über mich totlachen würde, wenn ich mit ihr rummachen würde. Mit anderen Worten: Diese Art Mädchen ist irgendwie auch ... unheimlich. Weil die bestimmt nur auf so Typen stehen, die es so richtig bringen ...

LULU:

Dieses »richtig bringen« interessiert mich: Wovor hast du denn speziell Angst? Geht es nicht beim Sex vor allem darum, dass man sich mag? Klingt gerade eher so, als wär's ein Leistungswettbewerb?

BEN:

Tja, so einfach ist das nicht. Also, ich versuch's mal zu erklären: Wenn ich weiß, dass eine schon mit total vielen Typen zusammen war, dann denke ich, dass ich ihr unterlegen bin. Und dass sie vielleicht Dinge von mir erwartet, die ich nicht kenne oder nicht kann. Was weiß ich, eine bestimmte Art zu küssen oder sie anzufassen. Oder irgendwelche Akrobatik-Stellungen oder so. Ich fühle mich da eben eher noch wie ein Anfänger und bin mir nicht sicher, ob sich so ein Profi-Mädchen nicht mit mir langweilen würde.

LULU:

Spannend, spannend das alles ...

BEN:

Aber damit du mich nicht falsch verstehst: Grundsätzlich will ich natürlich schon mit einem Mädchen herummachen, wenn ich mit ihr zusammen bin. Und damit meine ich nicht nur küssen oder so.

Ich kann mir darum vorstellen, dass Marco im Moment in einer blöden Situation ist und sich fragt, warum du eigentlich nicht willst, dass es bei euch weitergeht. Versteh mich bitte nicht falsch, ich finde das total ok von dir. Wichtig ist nur, dass du ihm erklärst, was los ist. Und dass deine Zurückhaltung nicht daran liegt, dass du ihn nicht magst. Sondern daran, dass du eben ein anderes Tempo bevorzugst.

LULU:

Kurze Zwischenfrage: Wie soll ich Marco das alles erklären, wenn er nicht ANRUFT????!!!

BEN:

Warum rufst DU ihn nicht an? Vielleicht ist es ja genau so, wie ich geschrieben habe? Er ist frustriert, weil er denkt, du stehst nicht auf ihn? Überhaupt: Warum denken Mädchen immer, der Junge müsste zuerst anrufen?

LULU:

Don't call us – we call you. ☺

BEN:

Dann mal los. Und schreib mir, was er gesagt hat.

BEN: Seit ziemlich genau 150 Jahren gibt es Telefone – und seitdem sitzen Mädchen davor und fragen sich, wann der Typ, in den sie verknallt sind, endlich anruft. Und klar, es gibt auch Jungs, die davorsitzen und hoffen, dass irgendein Mädchen anruft. Jedenfalls sind alle Beteiligten unglücklich – hat nicht jemand eine Idee, wie man das Problem lösen könnte?

NADINE CAT: Klar, einfach selbst anrufen!

NERDINATOR: Sich nicht verlieben.

NELLYROSAROT17@NERDINATOR: Vor allem nicht in Stachelschweine wie dich!

ALEX E: Wir brauchen eine App, die beide Telefone gleichzeitig klingeln lässt. Dann wüsste keiner von beiden, wer nun zuerst angerufen hat.

LULU@ALEX E: Ich kenn dich zwar nicht, aber deine Idee ist GENIAL!

SASCHA T-PUNKT: Und wer aktiviert die App?

TOM BOMBADIL: Ich gründe eine Agentur, die die Anrufe für Verliebte organisiert. RENT-A-LOVE-CALL. Wird bestimmt ein Kracher.

NERDINATOR: Super. Meine Firma ist direkt daneben: RENT-A-HATECALL.

BEN@NERDINATOR: Was hast du eigentlich für ein Problem, Nerd? Ich lösche dich von meiner Freundesliste, wenn du so weitermachst.

NERDINATOR@BEN: Mach doch. Dann lasse ich meine Agentur bei dir anrufen!

Montag, 29. Oktober

BEN:
Hallo, Lulu. Muss dich unbedingt noch was fragen. Du hast mir erzählt, dass du darauf stehst, wenn dir ein Junge an den Ohrläppchen knabbert. Glaubst du, das ist allgemeingültig und alle Mädchen stehen auf so was? Ich brauche die Info dringend, weil ich später eine Verabredung mit Larissa habe.

LULU:
Hey, Glückwunsch! Hoffe, die Dinge entwickeln sich jetzt besser für dich.
Hab gerade mal wegen deiner Ohrläppchen-Frage gegoogelt und 204.000 (!!!) Einträge gefunden. Da eine echte Freundin dir niemals zumuten würde, dich durch sämtliche virtuelle Beschreibungen weiblicher erogener Zonen zu wühlen, fasse ich das alles jetzt mal für dich zusammen: Das klingt zwar wieder voll nach Klischee, aber die meisten Mädchen, die ich kenne, stehen da total drauf. Wegen der Nervenbahnen. ☺ Allerdings machen sie sich auch alle vorher irre Gedanken darüber, ob sie auch sauber sind. Also, die Öhrchen, meine ich. Aber: Weibliche Ohren reagieren nicht nur wie elektrisiert auf Berührungen, sondern auch auf das, was sie so zu hören bekommen. Will sagen: Der tollste Knabberer hat keine Chance, wenn er dabei nur Müll redet, arrogant ist oder sonst wie unangenehm auffällt.

BEN:
Mann, weiß nicht, ob mir das weiterhilft. Werde das nächste Mal das Gefühl haben, eine Nervenbahn zu küssen. ☺

LULU:
Von der Nervenbahn zur Achterbahn. ☺

BEN:
Wo wir gerade dabei sind: Einer meiner besten Freunde, Alex, ist ein ziemlicher Chaot (trinkt viel, kifft ab und zu, baut viel Mist). Und er hatte noch nie eine richtige Freundin. Aber neulich hat er mal mit einem Mädchen auf einer Party rumgemacht. Danach meinte sie zu ihm, er würde so küssen, wie ihr Hund seinen Napf ausleckt. Danach wollte sie nichts mehr mit ihm zu tun haben. Na ja und dann haben wir halt darüber diskutiert, worauf Mädchen eigentlich so stehen in Sachen Küssen. (Bin dir für Tipps dankbar. Könnte ein Mädchen im Real Life um so etwas nämlich NIEMALS bitten!)

LULU:
Verstehe. Dein Freund Alex ist also der Typ »Rührbesen«. Klingt zumindest so. Na ja ... da muss wohl leider jede(r) mal durch, sieht zumindest so aus. Ich schreib dir jetzt mal auf, womit du garantiert ALLE verschrecken kannst:

a) Modell Rührbesen/Hundenapf
b) Modell Wasserwerk
c) Modell Hatte grad keinen Kaugummi zur Hand
d) Modell Ich gebe mein Bestes – bekomme aber leider nicht mit, dass zu diesem Tango zwei gehören
e) Modell Ich chill dann mal 'ne Runde, ist so schön kuschlig hier
f) Modell BISS zum (Morgen-)Grauen

Zum Glück musste ich diese Erfahrungen bis jetzt nicht ALLE selbst durchmachen. Das Wichtigste ist, glaube ich, dass man ein Gefühl für den anderen hat und sich traut. (Na ja, das schreibt dir gerade die Richtige, ähem...) Und einfach spielerisch an das Ganze ranzugehen. Vermutlich könnte dir diese TANJA (aus irgendeinem Grund kann ich sie jetzt schon nicht leiden) auch einiges dazu sagen. Wer weiß? Vielleicht bessert sie ja sogar ihr Taschengeld mit so was auf. Ups! Das war jetzt fies, sorry... bist du noch da?

BEN:

Klar, musste deinen Wie-küsse-ich-richtig-Leitfaden nur verarbeiten. Vielen Dank jedenfalls für deine Tipps. Vielleicht ergibt sich schon bald für mich eine Gelegenheit, sie anzuwenden. Larissa hat nämlich vorgeschlagen, heute Abend ins Kino zu gehen und uns einen dieser Pärchen-Sitze zu sichern... Und diesmal war ihr Tonfall alles andere als Kühlschrank. Eher Mikrowelle – hat mich angeheizt... ☺

PS: Hast du endlich mit Marco telefoniert?

Donnerstag, 1. November

LULU:

Huhu Ben. Hab lange nichts von dir gehört. Bist du schon verheiratet? Gib's zu, Larissa und du, ihr habt euch in den nächstbesten Flieger nach Las Vegas gesetzt und seid durchgebrannt.

Nur falls es dich interessiert: ICH würde niemals in so einer kitschigen Kapelle heiraten wollen, getraut von ELVIS. Ircks!

BEN:

Freue mich total, von dir zu hören. Und du hast sogar fast recht. Bin zwar nicht in Vegas, aber dafür in der Nähe von Pisa in Italien (wie immer in den Herbstferien. Meine Eltern sind die totalen Italo-Freaks, eigentlich ein Wunder, dass sie mich nicht Lucio oder Adriano oder Giorgio genannt haben). Und um ehrlich zu sein, ich bin froh drüber. Brauchte nämlich nach dem letzten Date mit Larissa dringend Abstand von zu Hause! Aber so was von!

LULU:

Pisa also ... oho ... dann also SCHRÄGLAGE in doppelter Hinsicht. Aber hey! Was ist passiert? Wenn ich beamen könnte, würde ich jetzt zu dir nach bella Italia kommen und dir Schokoeis (oder hättest du lieber ein Tiramisu?) spendieren, mit dir zusammen Hand in Hand durch die Gassen schlendern und dich Giorgio nennen. Italien finde ich total super! War auch schon ein paar Mal da und vermisse es immer, wenn wir einen Sommer mal nicht hinfahren können. Von MINGA aus ist das ja nur ein Katzensprung, von Hamburg leider eine halbe Weltreise.

BEN:

Du sagst MINGA? Ist ja abgefahren, ich dachte, ihr da oben im Norden könnt nur Hochdeutsch. Oder so was Ähnliches. (Und ich dachte, ihr hasst Bayern und München und vor allem Bayern München ...)
Aber egal, hab im Moment echt Stress. Totaler Frust, auf ganzer Linie. Habe mich offenbar in Larissa doch getäuscht. Unser gemeinsamer Abend fing wie immer gut an. Wir waren erst im Kino und haben wirklich so einen Zweiersessel bekommen. Sie hat ihren Kopf an meine Schulter gelehnt und ich hatte meinen Arm um sie ... habe kaum

was von dem Film mitbekommen... Danach sind wir nach Schwabing in eine Bar gegangen, haben Cocktails bestellt und uns super unterhalten. Sie hat mir erzählt, dass ihr Onkel Filmregisseur ist, und versprochen, mich bald mal zu einem Dreh mitzunehmen! Nach und nach sind wir uns immer nähergekommen und dank deiner Onlineberatung konnte ich kusstechnisch echt Punkte machen... Bis dahin war alles super. Aber dann klingelte plötzlich ihr Handy. Sie ging dran, entschuldigte sich und verschwand für zehn Minuten vor die Tür. Als sie dann wiederkam, war sie wie ausgewechselt, total kühl und in sich gekehrt. Ich habe versucht, die Stimmung zu retten, aber da war nichts mehr zu machen. Sie ist dann auch sehr bald nach Hause gefahren. Ich wollte sie zum Abschied noch mal küssen, aber selbst das wollte sie nicht! Ich habe sie gefragt, was am Telefon los war und wer angerufen hat – eigentlich hatte ich es die ganze Zeit schon geahnt. Es war natürlich Konstantin, ihr Exfreund...

LULU:
SHIT! Und jetzt?

BEN:
Jetzt ist Frustamente in Italia angesagt... keine Ahnung, ob ich sie nicht besser abhaken sollte. Weil ich nicht weiß, ob das Wort »Ex« wirklich auf diesen Konstantin zutrifft.

NERDINATOR:
Wusstet ihr eigentlich, dass die Stacheln von Stachelschweinen in Wirklichkeit Haare sind, die im Laufe der Evolution immer dicker und härter geworden sind?! Noch ein paar Jahre und meine Dreads sind auch zu Stacheln geworden. Freue mich schon drauf!

NELLYROSAROT17@NERDINATOR: Kann's kaum erwarten...

NADINE CAT: Streich das Wort *Stachel*. Schwein reicht bei dir.

NERDINATOR@NELLYROSAROT17: Darf ich dich dann piksen?

NELLYROSAROT17@NERDINATOR: Versuchst du, mit mir zu flirten? Wenn ja: VERGISS ES!

NERDINATOR@NELLYROSAROT17: Ich weiß, ich flirte wie ein Schwein. Sorry. Ach ja, hab dich schon vergessen.

Freitag, 2. November

BEN:
Hallo Lulu. Meine Laune bewegt sich endlich wieder oberhalb des Gefrierpunktes! Ich habe eine Mail von Larissa bekommen. Sie schreibt, dass es ihr total leidtut, wie unser letzter Abend gelaufen ist, und will wissen, ob ich jetzt sauer auf sie bin. Und ob ich überhaupt noch mit ihr rede… Sie behauptet, dass sie an dem Abend einfach so geschockt gewesen wäre, weil Konstantin sich gemeldet hat. Stell dir vor, der Typ hat sie angerufen, um ihr zu erzählen, dass er Probleme mit seiner neuen Freundin hat – die, wegen der er Larissa verlassen hatte! Ich meine – hallo? Da ruft er ausgerechnet seine Ex an und heult ihr die Ohren voll, weil es mit der Neuen nicht läuft?? Der Kerl spinnt doch echt! Na ja, bei Larissa klang es jedenfalls so, als ob Konstantin jetzt bereut, sich von ihr getrennt zu haben, und doch wieder was von ihr will. Ich bin jetzt gerade total hin- und hergerissen. Einerseits freue ich mich, dass sie sich gemeldet hat. Andererseits wollte ich diese ganze Story von Konstantin überhaupt nicht hören. Hinterher fällt Larissa jetzt ein zweites Mal auf ihn rein!?! Und dann? Weiß überhaupt nicht, was ich ihr antworten soll. Soll ich ihr überhaupt antworten?

LULU:
Was für ein Hin und Her! Blickt man ja bald gar nicht mehr durch. Vor allem ist so schwer zu durchschauen, was sie eigentlich vorhat: Will sie nur Spielchen spielen, weil ihr gerade langweilig ist? Oder ist sie am Ende WIRKLICH verliebt in dich (was ich hoffe!) und weiß jetzt gerade echt nicht, was sie machen soll? Ist natürlich auch schwer,

wenn der Typ, den man mal sehr mochte, doch wieder aufschlägt. Ich kann dazu nur zwei Dinge sagen:

1. Komm auf dem schnellsten Weg nach Hause und schnapp dir die Tante. Stell sie genauso zur Rede, wie ich es mit Marco gemacht habe. Mit ERFOLG übrigens, so viel sei verraten. *BisüberbeideOhrengrins*

2. Sei trotz allem vorsichtig und hör auf dein Gefühl!

Wenn du merkst, dass sie immer noch an K. hängt, solltest du lieber die Finger (haha) von ihr lassen...

BEN:

Mein Freund Alex rät mir auch zu Variante 2... aber das kommt für mich nicht infrage. Ich bevorzuge Variante 1! Denn eigentlich läuft es mit Larissa einfach zu gut (jetzt mal davon abgesehen, dass dieser Konstantin noch im Hintergrund nervt). Ich hatte noch nie bei einem Mädchen das Gefühl, dass wir so viele Gemeinsamkeiten haben. Und vor allem bin ich mir sicher, dass es Larissa GENAUSO GEHT!

Und was ist jetzt genau bei euch gelaufen? Erwarte Details!

LULU:

Also, wir wissen jetzt zum Beispiel, dass wir eine Menge Gemeinsamkeiten haben. Wir lieben beide Blumen! *Grins* Marco stand vor zwei Tagen auf einmal mit einem Strauß roter Rosen vor der Tür und hat gefragt, ob er die RESET-Taste drücken darf und wir noch einmal von vorne anfangen wollen. ☺ Abends haben wir dann zusammen »E-Mail für dich« (im ORIGINAL!) geschaut und es erst mal dabei belassen, dicht aneinandergekuschelt dazusitzen, uns ab und zu zu küssen und einfach nur im Arm zu halten.

BEN:

Neid! Ich wünschte, ich könnte so einen Abend bald auch mal mit Larissa erleben... obwohl ich dann lieber mit ihr »Call of Duty« spielen würde als »E-Mail für dich« zu sehen (ist das nicht dieser kitschige Film mit diesem Forrest-Gump-Heini und der blonden Oma? Gähn).

LULU:

Forrest who? ☺
Hab gerade »Call of...« gegoogelt und bin entsetzt! Verstehe ich das richtig, dass du an einem romantischen Abend mit deiner Traumfrau BALLERSPIELE spielen willst???!!!!! ☹

BEN:

Klar, erst killen, dann knuddeln! ☺ Aber mal im Ernst, ich wünsche mir eigentlich schon eine Freundin, die zumindest ab und zu mal gerne PlayStation zockt. Leider ist Larissa dafür nicht wirklich die richtige Kandidatin. ☺ Aber das macht natürlich nichts. Ich bin nämlich auch für die gemütlich-romantische Variante zu haben. Auf dem Sofa sitzen, eine geile DVD angucken, Pizza bestellen – und wenn meine Eltern nicht da sind, auch was Nettes dazu trinken. Hab in den Sommerferien ein Barmixer-Seminar gemacht. Kann jetzt also von Mai Tai bis Singapore Sling alles herstellen.

LULU:

Oh, das klingt alles fantastisch. Bekomme gerade einen Akut-Anfall von übelstem Fernweh. Mixt du mir bitte mal eben schnell 'nen Tequila Sunrise? Bin auch bereit, fünf Minuten zu warten. Träume währenddessen von Palmen, Strand, Muscheln – und Tauchen. Und von italienischer

Dolce Vita. ☺ (Meine family hat es dieses Jahr leider nicht geschafft, über einen zweiwöchigen Urlaub an der Ostsee hinauszukommen. ☹)

BEN:

Oh, dann bist zu sozusagen zurückgeblieben. ☺ Das tut mir leid, aber ich tröste dich jetzt mit dem coolsten Cocktail, den du dir vorstellen kannst... Kann ihn dir zwar leider nicht zumailen, aber ich stelle gleich ein inspirierendes Bild ins Netz.

BEN: Welche Zutaten braucht ihr für einen romantischen Abend?

SASCHA T-PUNKT: Kerzen, Musik, Mädchen.

LULU: Ballerspiele! ☺

NERDINATOR: Kerzen, Musik, KEINE Mädchen.

TOM BOMBADIL: Am wichtigsten ist die Musik! Die muss einfach passen. Allerdings stresst mich das dann meistens auch ziemlich. Vor meinem letzten Date hab ich fast eine Woche damit zugebracht, die richtige Musik für den Abend rauszusuchen. Und dann sind wir gar nicht zu mir nach Hause, sondern ins Kino gegangen …

ALEX E: Ich hoffe, es war wenigstens ein romantischer Film.

TOM BOMBADIL: Ja, absolut. Einer aus der BISS-Reihe.

NERDINATOR: Ich war mit meiner Freundin im neuen Prequal von Alien. Geil blutig! Danach war sie allerdings nicht mehr meine Freundin. Kann mir jemand erklären, warum?

TOM BOMBADIL@NERDINATOR: Weil du selbst ein Alien bist.

LULU@NERDINATOR: Vielleicht mochte sie den Hauptdarsteller des ganzen Szenarios nicht?

NERDINATOR@LULU: Alles besser als Robert Pattinson!

BEN: Du schon wieder. Du musst zugeben, Robert P. ist gar nicht mal so schlecht, selbst wenn man BISS nicht mag. Aber »Wasser für die Elefanten« war super!

Samstag, 3. November

LULU:
Ben?

BEN:
Ja, hi!

LULU:
Was gibt es Neues von Larissa?

BEN:
Leider nichts. ☹

LULU:
Hast du auf ihre letzte Mail geantwortet?

BEN:
Bisher nicht. Ich wollte schon, habe sogar ein paar Mal angefangen, was zu schreiben, aber dann war ich doch wieder unsicher.

LULU:
Vielleicht ist das genau die richtige Taktik! Jedenfalls, wenn du sie RICHTIG heiß auf dich machen willst: Zeig ihr die kalte Schulter und beantworte keinen ihrer Anrufe oder keine Mails. Ich schätze, sie steht dann schneller bei dir auf der Matte, als du dir vorstellen kannst!

BEN:
Danke, Lulu. Du wirst zu meiner wichtigsten Love-Beraterin... Werde also weiterhin schweigen. Allerdings hoffe

ich, dass sie dann nicht zuuu schnell hier anrückt, weil ich dann womöglich gar nicht da wäre. Wir verbringen das letzte Ferienwochenende bei meinem Onkel. Lust dazu habe ich nicht – schon allein, weil die Fahrt superätzend werden wird. Ich weiß jetzt schon, dass meine Eltern sich streiten, sobald wir auf der Autobahn sind. Mein Dad mutiert immer zum Formel-1-Fahrer, sobald er hinter dem Steuer sitzt. Und meine Ma hasst es. Er fährt zweihundert auf der linken Spur – und sie jammert die ganze Zeit herum, dass wir gleich an der Leitplanke hängen werden... vielleicht sollte ich besser vorschlagen, dass wir alle mit dem Zug fahren!

LULU:
URLAUB + ELTERN = STREIT *Augenroll* Wir haben niemals sonst so viel Stress miteinander wie in den angeblich schönsten Wochen des Jahres...

BEN:
Weiß genau, was du meinst. Ich brauche nach jedem Urlaub MIT meinen Eltern eigentlich erst einmal Urlaub VON meinen Eltern.

LULU:
☺ Hey – wir sind seelenverwandt! Und weil das so ist, seid bitte vorsichtig auf der Fahrt ins Wochenende. Bei deinen Beschreibungen kann man ja echt Angst kriegen! Ich möchte dich nicht gleich beim ersten Treffen in einem Krankenhaus besuchen müssen. Eigentlich kann mich aber gerade gar nichts schocken. Bin so gut gelaunt und wünsche mir, dass die ganze Welt sich gern hat. ☺ Also noch mal zu Larissa: Lass sie ein bisschen zappeln und du wirst sehen, sie wird Konstantin ganz schnell vergessen.

So, muss jetzt los, Date mit MARCO!!!! (Wir planen was ganz Heißes!!! ☺) Pass auf dich auf und sag deinem Vater, er soll sich nicht von Fernando Alonso und Jenson Button anstacheln lassen!
xoxo, deine Lulu

BEN:
Schade, dass du losmusst. Ich freue mich übrigens, dass du und Marco jetzt ein richtiges Paar seid. Hoffe, ich kann bald dasselbe von mir und Larissa sagen (dank deiner Unterstützung bin ich nämlich wieder sehr optimistisch!).

LULU:
Yep!

BEN:
War das eigentlich ernst gemeint, dass wir uns mal treffen sollten?

LULU:
Klar, warum nicht? Mal sehen, was im großen Drehbuch unseres (gemeinsamen?) Lebens so geschrieben steht...

Mittwoch, 7. November

BEN:
Lulu? Gibt es dich noch? Verdammt, fühle mich wie montagabends, wenn gerade die neueste Folge von »Terra Nova« vorbei ist. Eine Woche lang warten, bis man weiß, wie es weitergeht... Wüsste echt gerne, was aus deinen »heißen« Plänen mit Marco geworden ist!

Donnerstag, 8. November

BEN:

Versteh schon. Ihr hattet jetzt doch endlich mal Sex, oder? Und jetzt ist der komische Typ aus dem Internet nicht länger interessant. Schade!

Freitag, 9. November

BEN:

Vielleicht interessieren dich ja trotzdem noch meine News: Ich habe eine zweite Mail von Larissa bekommen. Sie hat mir erklärt, warum Konstantin immer noch so wichtig für sie ist. Die beiden waren wirklich lang zusammen, haben Zukunftspläne geschmiedet – für Larissa war er wohl einfach der Typ fürs Leben. Die Tatsache, dass Konstantin dann so plötzlich Schluss gemacht hat, war ein echter Schock für sie. Sie war wochenlang neben der Spur, konnte nichts essen, nicht schlafen und hat immer nur geheult. Und seitdem fällt es ihr schwer, überhaupt noch einem Jungen zu vertrauen. Aber sie hat gesagt, dass ihr die Sache mit mir trotzdem sehr viel bedeutet. Und jetzt hat sie Angst, mich wegen dieses ganzen Chaos auch wieder zu verlieren. Das will sie auf keinen Fall... Wie es aussieht, hatte die Schmoren-lassen-Strategie also Erfolg. Ich habe ihr geantwortet und wir werden uns heute Abend treffen! Wünsch mir Glück!
(Werde für das Date sogar darauf verzichten, für Geschichte zu lernen, obwohl wir morgen eine Arbeit schreiben.

Lieber ein guter Abend mit Larissa als eine gute Note in diesem Gähn-Fach!)

Samstag, 10. November

LULU:
Magst du eigentlich Fondant-Eier?

LULU:
Okay, ich seh schon, die Frage war nicht so der Hit. Die Antwort interessiert mich allerdings trotzdem!

BEN:
Fondant-Eier… musste ich nur kurz googeln. Also, reden wir jetzt wirklich über Süßigkeiten!? Oder über irgendetwas Seltsames, was du mit deinem Marco angestellt hast?

LULU:
gg Schon klar: M. und ich haben Fondant-Eier-Weitwurf geübt. ☺ Nein, ich meine diese ultrasüßen Dinger, die man vom Osterhasen bekommt (wenn man denn an ihn glaubt). M. findet, ich sei so SÜSS wie Fondant-Eier. ☺ SEUFZ!

BEN:
Gott, wie ist der Typ denn drauf?! Wer sagt denn zu einem Mädchen: »Du bist so süß wie ein Fondant-Ei?« Kommt als Nächstes dann: »Du bist so knackig wie ein Wiener Würstchen?« Oder: »Du bist so zart wie eine Quarkspeise mit Himbeersoße?!«

LULU:

Oder: Du bist so göttlich wie Götterspeise, hihi.
Okay, lassen wir das. Wieso guckst du »Terra Nova«? Und was ist das eigentlich? Irgend so ein Pro7-Quark mit – Außerirdischen…?

BEN:

Das ist eine Science-Fiction-Serie… Aber sag mal, interessiert es dich jetzt gar nicht, wie es mit Larissa gelaufen ist – weil du nur noch in deinem Marco-Glück schwelgst?! BIN ENTTÄUSCHT.

LULU:

Ups… Ohgotttttttoogotoogotttttt – wie konnte ich das nur vergessen?! Also los!
(By the way: Ich liiiiiiiiiiiiiiiiiiiiiiiiiiiiieeeeeeeeeeee-bbbbbbbbbbbeeeeee das Leeeeeeeeeeeeeeeeeebbeeeeeee-eeeeeeeeeeeeen und du hoffentlich auch?!?! ☺)

BEN:

Seh schon, du bist gerade auf Wolke 7 unterwegs – wahrscheinlich auf einer Doppelwolke mit deinem fummelfixierten Ballett-Gigolo. (Ich selbst fühle mich gerade wegen Larissa eher benebelt… bin darum OFF!)

LULU:

HALT! STOPP! Bitte bleib da! Es tut mir leid! Ich war gerade unsensibel wie… wie….

BEN:

Godzilla?!

LULU:

... nun ja, grauenvoll eben. Es geht dir offenbar nicht gut und ich spinne hier nur rum. Ich an deiner Stelle wäre auch sauer! Sorry!! Also: Was gibt's Neues bei lovely Larissa? Kann ich dir noch etwas raten oder irgendeine Botschaft für dich entschlüsseln? Soll ich für dich meine Kristallkugel polieren und schauen, was die Zukunft euch beiden so bringt? Du wirst es nicht glauben, aber ich habe durchaus Talent als Medium. ☺ (Nein, ich meine jetzt nicht den Zustand, in dem du vielleicht deine Steaks isst).

BEN:

Ja, liebes Medium – wäre dir echt dankbar, wenn du noch mal die Dolmetscherin für mich machst (weißt schon: Deutsch – Mädchen, Mädchen – Deutsch). Mein Date mit Larissa gestern hat irgendwie wieder viele Fragen aufgeworfen. Wir haben einen Herbstspaziergang an der Isar gemacht, der in einer Laubschlacht endete, bei der wir beinahe ins Wasser gefallen wären. Wir hatten echt Spaß und haben total viel gelacht. Irgendwann haben wir dann richtig angefangen, uns zu unterhalten. Larissa wollte wissen, ob ich an Horoskope glaube, worüber ich ehrlich gesagt bis jetzt nie so wirklich nachgedacht habe. Sie kennt sich ziemlich gut aus damit und meinte auch, dass das, was so in den Zeitschriften stünde, totaler Quatsch sei. Astrologie wäre in Wahrheit eine uralte geheime Wissenschaft, die man jahrelang studieren müsse. Und erst dann könne man die Vorhersagen richtig lesen und darauf vertrauen. Sie hat mir dann etwas über meinen Aszendenten erzählt (Skorpion) und behauptet, dass das eine spannende Mischung mit meinem Sternzeichen (Löwe) ergeben würde. Und sie meinte, dass unsere Zeichen gut zueinanderpassen (sie ist Widder). Nach zwei Stunden waren wir total durchgefroren und haben uns in einem Café mit heißem Kakao aufgewärmt – an sich echte Kuschelstimmung, wie du das vielleicht nennen würdest. Aber was war? Nix mit Kuscheln, nicht einmal Händchenhalten. Wir haben uns nur weiter unterhalten, und das hat auch gut funktioniert. Ich hab wieder mal gemerkt, dass wir echt einen Draht zueinander haben. Ich musste sie dann einfach fragen, was eigentlich los wäre und warum sie… so zurückhaltend ist. Sie meinte, dass sie sich einfach erst mal selbst über einiges klar werden muss… tja und hier kommst du ins Spiel, liebe Rakete. Was will sie mir damit sagen? Ist es vorbei und sie traut sich nicht, es so direkt zu sagen? Oder meint sie es ehrlich?

LULU:

Also ich denke mal, dass sie dir in erster Linie zeigen will, wie gern sie mit dir zusammen ist. Und dass sie immer noch vorsichtig an die Sache mit euch rangeht, weil sie sich
a) entweder immer noch nicht ganz klar darüber ist, was sie will,
b) sich überlegt, ob das mit dir auch einfach FREUNDSCHAFT sein könnte.
Ich drücke dir die Daumen, dass es a) ist – mit Option auf baldige Heirat. Ich hoffe, eure Nachnamen passen zusammen? ☺

BEN:

a) Danke für deine Antwort.
b) Dass ihr Mädchen aber auch immer gleich ans Heiraten denken müsst…

LULU:

PÜH! Werde übrigens gleich mit Marco trainieren, wir haben bald eine Aufführung. Schade, dass München so weit weg ist, sonst hätte ich dich dazu eingeladen. Nach dem Training treffen wir uns noch mit Freunden von Marco, unter anderem mit deinem Namenskollegen Ben Schumann. Wir wollen ein bisschen abhängen oder Spiele spielen, mal sehen. Hab du auch viel Spaß!
Küsschen, deine Lulu ☺

Sonntag, 11. November

BEN:
Hallo Lulu, du wirst es nicht glauben, aber deine guten Wünsche haben gewirkt. Die Dinge entwickeln sich SUPER. Ich habe gestern mit meinem Bruder einen Tag in der City verbracht. Wir waren erst shoppen, haben uns durch McDonald's gefressen (zusammen sieben McRibbs!) und sind dann ins Kino gegangen. Da war dann auch Larissa dabei – muss allerdings zugeben, dass es erst etwas blöd gelaufen ist. Für mich ist das immer eine heikle Sache, wenn einer meiner Freunde Robby das erste Mal trifft – und Larissa hat den Test nicht unbedingt bestanden. Sie hat Robby erst mal nur angestarrt und 'ne ganze Weile gebraucht, um danach wieder aufzutauen. Aber ok, danach war es jedenfalls echt lustig und auch Robby mochte Larissa gerne. Als wir uns verabschiedet haben, hat Larissa mir erst in die Augen gesehen und mir dann einen Abschiedskuss gegeben. Und zwar nicht so auf die Gute-Nacht-bis-zum-nächsten-Mal-Art. Sondern sehr leidenschaftlich... Der Abend war also rundum gut! Als Robby und ich dann wieder nach Hause kamen, war allerdings Schluss damit.

Unsere Eltern haben ein Riesentheater gemacht, weil wir so lange weg waren. Die machen sich einfach ständig Sorgen wegen Robby. So als wenn man sich überhaupt nicht auf ihn verlassen könnte und er rund um die Uhr beaufsichtigt werden müsste. Na ja, das denken viele Leute, dabei ist das totaler Quatsch.

LULU:
Hey – das mit L. klingt super! Aber eins verstehe ich nicht: Ist dein Bruder so ein Chaot?? Wie alt ist er denn eigentlich? Und was ich auch komisch finde: Du schreibst, Larissa hätte ihn »angestarrt«!?! Wieso denn? Ist dein Bruder – sorry, wenn sich das jetzt blöd anhört – irgendwie anders oder so ...?

BEN:
Robby ist sogar ein Super-Chaot. Er ist übrigens fünfzehn, also zwei Jahre jünger als ich. Und ja, du liegst mit deinem Gefühl richtig, er ist auf seine Art wirklich *anders.* Wobei ich glaube, dass er sich über das Wort freuen würde. Manchmal werfen ihm die Leute echt krasse und unfreundlichere Sachen an den Kopf. Er muss oft eine Menge einstecken.

LULU:
Ich will ja nix sagen, aber für mich klingt das alles sehr nebulös ... und merkwürdig. Kannst du mal bitte deutlicher werden, anstatt lauter komische Andeutungen zu machen?

BEN:
So kompliziert ist die Sache gar nicht. Robby sitzt im Rollstuhl.

LULU:

Du meinst, er ist also in irgendeiner Form behindert? (Hm, mag das Wort irgendwie nicht, wie ich gerade feststelle.)

BEN:

Eben! Da fangen die Probleme nämlich an! Robby ist nicht *behindert,* jedenfalls nicht in der Art, wie sich das die meisten Leute vorstellen. Er kann einfach nur nicht laufen, das ist alles. Er ist querschnittsgelähmt, weil er vor zwei Jahren einen Unfall hatte. Seitdem sitzt er in diesem blöden Rollstuhl. Aber es sind höchstens die anderen, die ihn behindern – weil sie ihn blöd anstarren, weil sie ihm im Weg herumstehen, weil sie einfach nicht wissen, wie sie mit ihm umgehen sollen!

LULU:

Tut mir leid, das zu hören, vor allem wegen der Menschen, die sich so unsensibel benehmen. Das verletzt ihn bestimmt!

BEN:

Ich werde einfach immer wütend, wenn ich das miterleben muss. Es gibt so viele Leute, die meinen Bruder sehen und sofort denken, dass er ein total armer Typ ist, mit dem man Mitleid haben muss. Dabei hasst Robby dieses ganze Mitleid noch viel mehr als seine Behinderung. Es gibt sogar Leute, die trauen sich nicht mal, mit ihm zu reden. Vielleicht weil es ihnen peinlich ist – kann ja sein, dass der Typ im Rollstuhl total verrückt ist und anfängt rumzusabbern, wenn er versucht zu antworten. Aber am schlimmsten sind die, die so tun, als wäre er gar nicht da. Wirklich, für einige Menschen ist Robby unsichtbar. Wenn ich zum

Beispiel mit ihm zusammen in der Stadt unterwegs bin und ihn schiebe – die Leute gucken nur mich an, reden nur mit mir, beachten ihn gar nicht. So als wenn er nicht nur querschnittsgelähmt wäre, sondern auch taub und stumm und blind.

LULU:
Oha – das klingt ja alles ziemlich traurig und mies. Es tut mir sehr leid für Robby. Aber was ist jetzt der Grund für die akute Alarmstimmung bei euch zu Hause?

BEN:
Seit Robby den Unfall hatte, ist einfach nichts mehr wie vorher. Vor allem nicht bei uns in der Familie. Das liegt nicht nur daran, dass er nicht mehr gehen kann, sondern vor allem auch daran, wie er sich verhält ... Einerseits ist Robby noch genauso wie vorher, ein total netter sympathischer Typ, ein normaler 15-Jähriger halt. Aber gleichzeitig ist er das eben auch nicht. Oft ist es nicht gerade einfach, mit ihm zusammenzuleben. Nur um dir ein Beispiel zu geben: Seit ungefähr einem Jahr steht Robby total auf Heavy-Metal-Musik. Das hat uns alle ziemlich überrascht, weil er vorher eher Hip-Hop und Soul gut fand. Aber er hat mir mal erklärt, dass ihn seit dem Unfall diese ganze weich gespülte Musik einfach nur noch nervt. Robby hat öfter mal echt düstere Phasen, weißt du, vermutlich wenn ihm wieder klar wird, dass er nie so ein Leben führen kann wie alle anderen. Dann zieht er sich manchmal für Stunden oder sogar Tage in sein Zimmer zurück und ist einfach nicht ansprechbar. Und dann hört er vor allem Musik, UND ZWAR SO LAUT, DASS UNS ANDEREN DAS HIRN AUS DEM SCHÄDEL SPRINGT. Für ihn ist das, glaube ich, eine Möglichkeit, irgendwie mit seiner Wut klarzukommen.

Aber das ist schon okay, jeder von uns hat schließlich irgendeinen Spleen. Ich jedenfalls komme immer noch total gut mit ihm klar, seit dem Unfall fast noch besser als vorher.

LULU:

Und deine Eltern? Ist da das Verhältnis auch so gut wie bei euch beiden?

BEN:

Leider nicht. Die Sache wächst ihnen über den Kopf, sie haben das Gefühl, mit Robby nicht mehr umgehen zu können. Und jetzt kommt der Hammer: Meine Eltern wollen ihn in ein Internat abschieben, und zwar noch dieses Jahr. Ich kann's echt nicht glauben. Das ist so 'ne miese Nummer. Nur weil Robby ab und zu nicht der nette, ruhige, harmlose Kerl ist, sondern einfach mal machen möchte, was ihm Spaß macht… weil er seinen Frust ausleben muss wie jeder normale Mensch. Weil es ihm halt auch mal nicht gut geht und er etwas im Trübsal versinkt. Was in seiner Situation ja wohl noch besser nachzuvollziehen ist als im Normalfall. Aber da gibt es dann direkt die Quittung! (Rede zurzeit kein Wort mit meinen Eltern. Versuche es jedenfalls.)
Sorry, dass ich dir so die Ohren volljammere (oder deinen Bildschirm volltexte). Aber ich weiß, dass meine Sorgen bei dir gut aufgehoben sind. Sind sie doch, oder?

LULU:

Ja, klar, natürlich! Ich versuche gerade, mich in deine Eltern, Robby – aber vor allem auch, in dich hineinzuversetzen.
Ich habe persönlich keinerlei Erfahrung mit Menschen, die im Rollstuhl sitzen, außer wenn man halt mal jemandem

auf der Straße oder im Bus begegnet. In solchen Momenten habe ich aber in allererster Linie immer großen Respekt, denn ich glaube schon, dass man sehr, sehr tapfer sein muss, um damit klarzukommen. Ich bin zwar keine Bewegungsfanatikerin, aber die Vorstellung, nicht (mehr) tanzen zu können, nicht einfach so herumlaufen zu können, immer erst überlegen zu müssen, ob dort, wo man hinwill, auch alles rollstuhlgerecht ist, das ist bestimmt hart. Am meisten würde mich aber stören, dass man bei so vielem auf die Hilfe und Geduld anderer angewiesen wäre.

BEN:

Danke! Ich weiß, dass du es ehrlich meinst. Und du hast natürlich auch recht. Ich finde die Vorstellung, eines Tages aufzuwachen und meine Beine nicht mehr bewegen zu können, auch gruselig. (Und ab und zu bin ich so dankbar dafür, dass das Schicksal mich verschont hat.) Aber andererseits ist genau das das Problem. Robby kann zwar nicht laufen – aber ansonsten ist er zu 100 % normal. Ich glaube, er möchte nicht mehr Mitleid oder Respekt von anderen Leuten als jeder andere Mensch auch. Auch oder besonders nicht an diesen »schwarzen Tagen«, wie er es nennt, also in den Zeiten, in denen er einfach nur wütend ist und niemanden sehen möchte. Aber mal ehrlich, kennt solche Phasen oder Momente nicht jeder von uns? Ich jedenfalls schon. Das Problem bei Robby ist nur, dass er nichts mehr tun oder sagen kann, ohne dass alle Leute sich sofort Sorgen um ihn machen. Alle gehen davon aus, dass jede Stimmung, jedes Problem ja immer selbstverständlich etwas mit seinem Handicap zu tun haben muss. Dabei hat er halt auch einfach mal nur so schlechte Laune. Und das führt nur dazu, dass er umso wütender wird. Na ja und jetzt fangen meine Eltern auch noch an, so zu tun, als ob er eben nicht nur querschnittsgelähmt ist, sondern auch insgesamt einen Knall hat.

LULU:

Mit Stimmungsschwankungen kenne ich mich bestens aus und mit dunklen Phasen auch – von daher hat dein Bruder mein vollstes Verständnis. Deine Eltern machen sich sicher riesige Sorgen und sind vermutlich kräftemäßig am Limit, also versuch, nicht zu hart zu ihnen zu sein, wenn's geht. Bei Robbys Musikgeschmack kann ich allerdings nicht so mitgehen (wenn schon Krach, dann eher Punkrock. I love Campino ♥).

BEN:

Campino ist cool. Der hatte gerade Geburtstag, ist 100 geworden oder so. Unglaublich, voll der Rentner (du bist übrigens das erste Ballett-Girl, das ich kenne, das auf Punkrock steht).

Aber Robby mag mehr so die richtig harten Sachen. Helloween und so. Speed Metal. Du musst dir das so vorstellen: Sein Zimmer (er hat das größte im Haus) ist ziemlich leer, damit er sich mit dem Rolli gut darin bewegen kann. Und an der Wand stehen diese riesigen Musikboxen, mit denen man auch ein mittelgroßes Stadion beschallen könnte. Die dreht er dann voll auf, sitzt mitten im Zimmer und lässt sich von der Musik förmlich massieren. Ich bin ab und zu dabei, wenn er das macht (auch wenn Heavy Metal nicht gerade mein Ding ist). Aber ich bin nun mal einer der wenigen Menschen, die Robby auch um sich erträgt, wenn er diese düstere Laune hat. Nur kann ich bei solcher Musik nicht ruhig sitzen bleiben. Ich springe dann wie ein Verrückter im Zimmer rum, headbange, schreie, spiele Luftgitarre. Irgendwann stecke ich Robby mit meinem

Rumgehüpfe an – er wirbelt dann im Rollstuhl ebenfalls herum, schüttelt sich, tanzt, spielt »Luft-Drums«. Das geht dann so lange, bis wir völlig kaputt sind. Dann machen wir die Musik aus, sodass es ganz still ist. Wir sehen uns an und müssen lachen. Diese Momente mit ihm sind so cool und ich kann mir überhaupt nicht vorstellen, dass das alles vorbei sein soll, wenn Robby wirklich aufs Internat muss!

LULU:
Habe mich gerade in euch zwei verliebt!

BEN:
Danke. ☺ Hab dich auch echt gern, Lulu.

LULU:
Ist das mit dem Internat denn wirklich schon beschlossene Sache?

BEN:
Nein, aber so gut wie. Meine Eltern sagen halt, dass sie es einfach nicht mehr hinkriegen mit Robby. Weil er eben immer jemanden braucht, der ihm hilft. Meine Mutter hat vor kurzem ein Job-Angebot bekommen (sie hat bisher nur halbtags gearbeitet). Wenn sie das annimmt, könnte sie sich halt auch nicht mehr so viel um ihn kümmern. Sagt sie. Dabei ist Robby sowieso den ganzen Tag in der Schule. Ich habe das Gefühl, meinen Eltern wird es einfach zu viel mit ihm. Sie streiten sich oft wegen Robby – schließlich haben sie sich ihr Leben auch nicht so vorgestellt. Mit einem Kind im Rollstuhl... Aber wenn sie ihn abschieben, dann haue ich auch ab. Garantiert!
Wie sind eigentlich deine Eltern so? Sind deine Eltern auch solche Monster wie meine?

LULU:

Wenn du abhauen willst, dann nimm deinen Robby und komm zu mir nach Hamburg! (Ich besorg auch vorsorglich eine XXL-Packung Ohrstöpsel.) Obwohl meine Eltern natürlich auch ab und zu ihre »Momente« haben, kommen wir im Großen und Ganzen ganz gut miteinander klar. Will jetzt nicht behaupten, dass wir 4 immer in reinster Harmonie zusammenleben (vor allem, wenn es darum geht, dass ICH immer den Frühdienst mit Paulchen übernehmen und bei Wind und Wetter mit ihm rausmuss, wo ich doch gerade um diese Uhrzeit viel, viel besser in meinem Bett aufgehoben wäre). Meine Mom arbeitet als freie Übersetzerin von zu Hause aus, was bedeutet, dass sie viel (manchmal auch zu viel!) Zeit für Fynn und mich hat. Meinem Vater gehört ein Feinkostgeschäft in Pöseldorf (von den Hamburgern gern auch SCHNÖSELDORF genannt), was bedeutet, dass er ziemlich viel arbeitet und wenig Zeit für uns hat. Fynn geht in den Kindergarten und ist einfach zuckersüß und zauberhaft. Bis auf die Momente, in denen er sich für einen Löwen, Affen oder Werwolf hält. ☺ Scheint so, als seien wir eine ganz normale Familie, oder?

BEN:

Ein Feinkostgeschäft? Das würde Robby gefallen. Neben Musik gehört Essen nämlich auch zu seinen Hobbys (er ist jetzt aber nicht fett oder so). Von daher: Danke für die Einladung!

LULU:

Wann kommt ihr also? Ich esse übrigens auch für mein Leben gern, nicht nur Salat. ☺ Mein Vater kocht super (Mom eher nicht) und ich habe Spaß daran, ab und zu das eine oder andere Rezept aus dem Internet nachzukochen, bloß Backen ist nicht so mein Ding.

Montag, 12. November

BEN:

Liebe Lulu, kennst du das, wenn sich die Dinge auf einmal so schnell verändern, dass du echt nicht mehr hinterherkommst? So, als wenn die Zeit auf einmal auf die Überholspur gewechselt hat und die Dinge in einer Art Zeitraffer ablaufen?

LULU:

Klär mich auf, denn ich komme gerade nicht mehr hinterher. ☺ Eben war doch noch Robby dein großes Sorgenthema. Ist jetzt GODDESS LARISSA gerade wieder gut gelaunt und katapultiert dich mit Vollspeed in den siebten Himmel?

BEN:

Ja! JA! JAAAAAAA!

LULU:

Ja doch, ist ja gut. SCHREI! MICH! NICHT! AN!

BEN:

Sorry! Meine Hormone sind gerade außer Kontrolle. Ich war am Samstag auf einer Party – und Larissa war auch da. Drei Sekunden lang habe ich mich total gefreut, sie zu sehen, und dann folgte der Absturz.

LULU:

Okay, Mister Ich-bau-mal-Spannung-auf-bis-die-andere-in-die-Knie-geht. ☺ Los! Ich will es wissen! JETZT!!!!!!!!!!!!

BEN:

Okay, okay. Ist ja gut. Du spannst mich ja auch immer so auf die Folter. Also: Als ich Larissa auf der Party gesehen hab, war ich sofort wieder hin und weg. Sie sah umwerfend aus. Sexy, cool, stylish... Ich dachte, dass dies der Moment war, indem wir uns jetzt endlich wirklich näherkommen würden – aber dann hab ich gecheckt, dass ER auch da war, Konstantin. Unglaublich. Wer hatte den denn bitte eingeladen?! Jedenfalls wurde mir dann endlich mal klar, was da eigentlich abgeht. Konstantin hatte zwar vor den Sommerferien mit Larissa Schluss gemacht, wollte jetzt aber doch wieder was von ihr – und zwar so richtig. Hochdruck-anbaggermäßig...

LULU:

Autsch!

BEN:

Ja, autsch. Dachte ich auch. Meine Laune rutschte in den Keller, ach was sage ich, in die Tiefgarage. Ich meine, du siehst endlich das Mädchen, an das du Tag und Nacht denken musst – und dann siehst du, dass ihr Ex gerade dabei ist, sie zurückzuerobern. Das muss man erst mal verdauen. Alex meinte dazu, ich solle Larissa so schnell wie möglich vergessen... sie wäre sowieso unerreichbar für mich (weil halt noch nicht wirklich frei). Wenn ich weiter an ihr herumgrabe, foltere ich mich nur selbst, meinte er. Ich wollte mich fast schon damit abfinden und mit Alex die Party verlassen. Aber dann kam doch alles ganz anders. Alkohol spielte dabei eine entscheidende Rolle... allerdings nicht so, wie du vielleicht denkst. ☺ Ich weiß ja nicht, wie die Partys sind, auf die du so gehst (gehst du überhaupt auf Partys?).

LULU:

Nö. Ich lebe wie eine Nonne...

BEN:

Dachte ich mir, Schwester Lulu.

LULU:

Hallo! Jemand zu Hause? WO habe ich Marco kennengelernt? Na? Eben! (Das mit der »Schwester« gefällt mir aber trotzdem. ☺)

BEN:

Stimmt, hatte ich vergessen. Sorry. Also: Die Partys, auf denen ich mich rumtreibe, sind schon manchmal etwas... exzessiv. So war das auch am Samstag. Aber nicht, dass du jetzt denkst, ich oder Larissa hätten unglaublich viel getrunken und wären dadurch auf einmal total enthemmt gewesen oder so. Kim, eine von unserer Schule, hat sich dafür total abgeschossen, so als wären wir bei DSDS – Deutschland sucht die Super-Saufnase. Am Anfang war es noch witzig, dann nicht mehr. Weil Kim echt am Ende war. Und ein paar andere auch... Irgendwie war auf einmal die totale Alarmstimmung, weil dann auch noch die Eltern von Florian, unserem Gastgeber, nach Hause kamen. Und dann hatte Konstantin seinen großen Auftritt sozusagen. Der wollte nämlich einfach abhauen. Kannst du dir das vorstellen? Kim und ein paar andere lagen halb tot auf dem Boden rum (ich erspare dir die Details), während Konstantin total über sie abgelästert hat, so als wenn er mit der ganzen Sache nichts zu tun hätte. Dann wollte er Larissa überreden, mit ihm zu verschwinden. Alex hat ihn dann total angemacht. Die beiden hätten sich beinahe geprügelt. Schließlich ist Konstantin wirklich gegangen. Larissa aber nicht. Die hat sich super um Kim gekümmert. Zusammen mit mir. Wir waren ein echtes Notfall-Rescueteam.

LULU:
Wie gut, dass du »Dr. House« guckst und immer ein Notfallköfferchen mit dir herumschleppst. ☺ Bin STOLZ auf dich!

BEN:
Stimmt, Fernsehen kann Leben retten. Schade, dass meine Eltern das nicht kapieren ...

LULU:
gg

BEN:
Larissa hat dann sogar noch ziemlich über Konstantin abgelästert. Ich habe den Gentleman gemacht und nicht viel dazu gesagt. Aber ich glaube, es war uns und allen anderen klar, dass sie und ich das viel bessere Paar wären ...

LULU:
Gab es Applaus für euren heldenhaften Einsatz?

BEN:
Nee, das nicht gerade ... aber sogar Florians Eltern haben sich am Ende bei uns bedankt, weil wir »so umsichtig gewesen wären«. Das tat irgendwie auch mal ganz gut. Später sind wir zusammen nach Hause gefahren – und ich hatte schon Angst, dass sie mir wieder mal nur erzählt, dass sie sich nicht wirklich entscheiden kann usw. Aber dann war es doch ganz anders. Beim Verabschieden hat sie mir gesagt, dass ihr der Abend endgültig die Augen geöffnet hätte – und dass sie nun wüsste, was sie möchte.

»Und? Was möchtest du?«, habe ich sie gefragt.
Daraufhin hat sie nur gelächelt und mich geküsst. Es war ein sehr langer und sehr verliebter Kuss.
»Na dich, Ben!«, hat sie dann geflüstert.

LULU:
Mann, jetzt bin ich aber echt platt. Das klingt nach dem totalen Happy End. Glückwunsch! Ich freue mich echt für dich/euch. Obwohl... stelle gerade fest, dass es ganz da unten in der Magengegend ein wenig zu ziehen beginnt... aber an sich habe ich gar keine Zeit, dieses Phänomen zu hinterfragen, denn ich habe große Pläne mit M.!

NELLYROSAROT17: Mir ist LANGWEILIG! Alles grau und öde hier!

LULU:@NELLYROSAROT17: Hey, wir sind alle mal schlecht drauf. Kopf hoch und *Knuddel*.

ZITRONENTÖRTCHEN@NELLYROSAROT17: Wir sollten etwas Schönes machen. Kino oder DVD-Abend! Keine Widerrede!

NELLYROSAROT17@ZITRONENTÖRTCHEN: Och nee, nicht schon wieder... ich find, es gibt einfach zu wenig gute Filme. ☹

NERDINATOR: Färb dir doch die Haare, wenn es dir zu grau ist.

BEN@NELLYROSAROT17: Muss mich für Nerdinator entschuldigen, immerhin seid ihr ja meinetwegen befreundet. Eigentlich ist er gar nicht so, er vergisst das bloß selbst immer.

NERDINATOR@BEN: Fall mir nicht in den Rücken, Mann. Sonst nix mehr Freunde.

NELLYROSAROT17@NERDINATOR: Danke für den GRAUenvollen Tipp! Sehr originell!

Mittwoch, 14. November

BEN:

Hallo Lulu! Obwohl ich gerade mit Larissa echt glücklich bin, mache ich mir immer wieder Gedanken über dich. Wundere mich selbst darüber, ist aber Tatsache. Und darum ist es auch nicht einfach für mich, so gar nicht zu wissen, was eigentlich gerade bei dir Sache ist. Du lässt mich infomäßig voll verhungern! Das ist unfair. Also sag schon, wie steht's mit Marco, dem Ballettgott? Bist du glücklich mit ihm? Und vor allem, habt ihr jetzt ein Tempo gefunden, das für euch beide in Ordnung ist? Oder liege ich völlig falsch und du hast dich längst mit ihm auf ein echtes Pas de deux eingelassen?

BEN:

Ok, verstehe. Ihr seid jetzt dermaßen paarmäßig miteinander verschweißt, dass du nicht mal mehr mit anderen Jungs chattest. Schon gar nicht mit mir. Schade.

BEN:

Denk dran, wenn du mir nichts mehr erzählst, erfährst du auch nichts mehr von mir. (Und ich dachte immer, Mädchen sind neugierig?! ICH bin nämlich mit Larissa auf einer anderen Ebene gelandet! Und es war super!)

Donnerstag, 15. November

LULU:

Ah, sorry, dass ich gestern nicht geschrieben habe. Mit dir kann ich NATÜRLICH immer chatten. Bin gerade mit wichtigen Vorbereitungen beschäftigt und deshalb nicht GANZ bei der Sache. Die Stichworte sind: Dessous & Kondome. ☺

BEN:
Ooops. Ich dachte, so was wär im Kloster verboten?! Freu mich, dass wir wieder chatten! Hatte schon Angst, dass es vorbei wäre.

LULU:
Die Gedanken (und alles andere) sind frei, oder? ☺

BEN:
Wie gesagt: Offenbar übertrumpfe ich dich in Sachen Neugier – ganz schön peinlich! Also sag schon, was hat das mit der Dessous-Kondome-Nummer auf sich? Wird es jetzt ernst?

LULU:
☺ Samstag wird ES passieren!

BEN:
Meinen wir jetzt dasselbe?

LULU:
Kann sein. ☺ Was meinst du denn? (Sorry, Marco ruft gerade an.)

BEN:
Lulu? Das darf doch nicht wahr sein, bist du schon wieder off? Mann, ich muss hier ganz schön was einstecken! Dann bin ich jetzt also komplett meiner Fantasie ausgeliefert und glaube mir, davon hab ich mehr als genug. Aber gut, du hast es so gewollt. Dann wirst du also demnächst Sex mit

Marco haben, womöglich sogar in diesem merkwürdigen Spiegelkabinett!? Tanzt ihr dann erst nackt zusammen das Solo aus dem Schwanensee, und wenn ihr keine Lust mehr habt, legt ihr euch halt auf irgendein Plüschsofa... Hilfe! Würde viel drum geben, wenn du mich bald mit mehr Informationen versorgen würdest und ich damit die Bilder aus meinem Kopf verbannen könnte!

Freitag, 16. November

BEN:

Lulu, ich muss dir gratulieren! Du hast etwas Unglaubliches geschafft!

LULU:

Was denn? Habe ich dir den Tag versüßt? Oder versaut? Hat dich die Vorstellung von meinen Dessous etwa angeturnt, obwohl du gerade zu 100% auf Larissa gepolt bist?

BEN:

Treffer! Gerade war ich noch davon überzeugt, dass mein Gehirn im Moment nur noch ein einziges Wort denken kann: Larissa. Larissa. Larissa.
Larissa.
Larissa.
Tja, aber dann kamst du mit deinen Dessous und den Kondomen. Und seitdem denkt mein Kopf nicht mehr Larissa, sondern an dich, meine seltsame, fremde und doch irgendwie supernahe Internet-Freundin (darf ich dich so nennen? Klingt das kitschig???).

LULU:
Hm, finde ich überhaupt irgendwas kitschig? Im Gegenteil: Ich glaube, ich bin stolz, deine I-Freundin zu sein.

BEN:
Also sag schon: Willst du am Samstag wirklich mit ihm…? (Es muss ja nicht so sein wie in meiner Fantasie. Danke, dass du das nicht weiter kommentiert hast.)

LULU:
YES! Es gibt kein Zurück mehr! Bevor es allerdings so weit ist, hätte ich ein paar »Fachfragen« an dich, wenn das für dich okay ist. Das meiste habe ich zwar schon mit meiner Cousine Nelly bequatscht, aber ich glaube, es könnte ganz hilfreich sein, auch eine männliche Meinung zu bestimmten Dingen zu haben.

BEN:
Wow! Hätte ich mir bis vor Kurzem nicht vorstellen können, dass mich ein Mädchen um so etwas bittet… Also, ich bin jetzt auch nicht gerade ein Fachmann oder so… Kein Sexologe. Nicht mal ein routinierter Praktiker (falls du das gedacht hast). Darum habe ich einen besseren Vorschlag: Gleiches Recht für alle. Du darfst mich alles fragen, ich dich dafür aber auch. Einverstanden?

LULU:
Okaaaaaaaaaaaay! Das bedeutet also konkret: Ich erfahre alles, aber auch wirklich ALLES zu 100% aus Jungs-Sicht und lasse dich als Gegenleistung in die Mädels-Karten schauen. Das ist KRASS, aber supergenial! Dann leg ich jetzt direkt mal los:

a) Findest du Spitzen-Dessous gut oder besser nur Slip und ein enges T-Shirt?
b) Wie denkst du über Push-ups? Und wo wir schon dabei sind: Ist die Körbchengröße wirklich sooooo wichtig?
c) Thema Safer Sex: Soll ich ein Kondom mitnehmen oder darauf vertrauen, dass Marco eins hat?
d) Was mache ich gegen meine Angst zu VERSAGEN? Worin auch immer...

BEN:
Liebe ABCD-Lulu, unser Deal hat also eine neue Dimension erreicht. Cool! Ich hoffe nur, dass ich dir mit meinen Antworten auch irgendwie weiterhelfen kann (wie gesagt, fühle mich echt nicht so als (S)Experte)... aber ich werde mir Mühe geben. Also:
a) Stichwort Dessous: Das kommt drauf an... Sofia, du weißt schon, meine Ex, hatte sich mal richtig coole, super-sexy Wäsche gekauft, und das war echt geil. Aber da waren wir auch schon eine ganze Weile zusammen. Ich glaube, wenn sie das in der ersten Nacht schon angehabt hätte, wär das irgendwie ein bisschen too much gewesen. Vielleicht weil es dann nicht Sex, sondern eher so etwas wie eine SHOW gewesen wäre...
b) Oh Mann, fragst du mich das wirklich? Ok, Deal ist Deal, schätz ich mal. Klar, sind Push-ups super. Wer geht nicht gerne in einen Laden, der ein superdekoriertes Schaufenster hat?! Von daher: keine Einwände.
Teil 2 deiner Frage ist schwieriger. Körbchengröße... Na ja, schätze mal, es gibt keinen Jungen, der nicht irgendwie drauf steht, wenn ein Mädchen... äh... große... äh... Brüste hat. Aber dann wiederum ist das auch total egal. Ehrlich! Weil es halt irgendwie auf das Gesamtpaket ankommt. Dicke Dinger (sorry für den Ausdruck) stellt man sich wohl

meistens in der eigenen Fantasie vor... aber ich wär mir nicht sicher, ob die meisten Jungs eher sogar Angst davor haben... (Und wo wir gerade dabei sind – wie ist das denn für euch? Kommt es auf die Größe an?)
c) Danke, dass du mich endlich mal wieder zum Lachen gebracht hast. Du willst darauf vertrauen, dass er Kondome mitbringt? Vertraust du denn auch darauf, dass der Weihnachtsmann an Weihnachten angestapft kommt und Geschenke bringt? Von daher: Bring sie selbst mit. Und wenn ihr dann zu viele habt, weil er auch dran gedacht hat, who cares?
d) Die schwierigste und einfachste Frage: Ich weiß es nicht! Ich weiß nur eins. Als Sofia und ich es zum ersten Mal gemacht haben, war ich so nervös wie nur irgendetwas. Und Sofia auch. Wir haben es uns damals einfach gesagt, und das war gut so. Meinst du, das kannst du mit Marco auch so machen? Ich wünsch es dir. Das macht irgendwie einiges leichter. Und wenn er dann blöd reagiert, ist er vielleicht sowieso nicht der Richtige fürs erste Mal...
So, hoffe das hilft dir weiter!

LULU:
Erst mal ein dickes DANKE für deine ausführlichen Antworten. Wird einen Moment dauern, bis ich mich von a) nach d) gehangelt habe... Und ich werde es dich (vielleicht) wissen lassen, wie ES gelaufen ist. Bis dahin alles Liebe und bye-bye. ☺
Grüß lovely Larissa, die Superheldin!
PS: Sorry, aber ich kann deine Frage bzgl. der GRÖSSE mangels Erfahrung nicht beantworten, du verstehst?!!!
Werde dazu aber eine kleine Umfrage starten, wenn dir das weiterhilft...

BEN:
Werde an dich denken! Bin froh – und hoffe, dass du mich GANZ BESTIMMT wissen lässt, wie ES gelaufen ist.
(Bin heute Abend übrigens mit Larissa verabredet!!! Ich glaube kaum, dass wir ES auch tun werden. So weit sind wir noch nicht. Aber wer weiß…)

LULU:
Ach so! Ich dachte, ihr hättet schon?!

BEN:
Nein, bisher ist es nicht dazu gekommen. Aber ich bin zuversichtlich, dass sich das bald ändern wird. ☺

LULU:
Also läuft's. Das ist doch gut. Sorry, aber hab jetzt keine Zeit mehr. Muss nämlich meine Dessous gegen einfachere Wäsche tauschen (will alles, nur keine Show) und es für den Start langsam angehen. ☺

BEN:
Bin auch gleich weg. Muss dir aber noch was beichten: Obwohl ich mich total auf mein Date mit Larissa freue, werde ich bestimmt auch ganz oft an dich denken. Hoffentlich merkt sie das nicht und wird dann… na ja… eifersüchtig oder so. Wie sollte ich ihr das dann erklären? »Ich muss immer an dieses Mädchen denken, das ich eigentlich gar nicht kenne – und dem ich Glück dabei wünsche, wenn sie mit einem anderen Typen… oh man, das klingt wirklich gestört.

LULU: Kommt es auf die Größe an – bei Jungs?

ZITRONENTÖRTCHEN: Absolut, ein Junge muss GRÖSSE zeigen, wenn er mich beeindrucken will – er muss GROSSartigen Humor haben und GROSSzügig bei Einladungen sein. Was alles andere betrifft: Ist schon in Ordnung. ☺

ZEITREISEQUEEN: Wenn du die Größe des Gehirns meinst, lautet die Antwort ganz klar: JA!

FEE39: ????? Alles in Ordnung bei dir, Lulu?

HIBISKUSBLÜTE: »Das Große ist nicht, dies oder das zu sein, sondern man selbst zu sein.« Søren Aabye Kierkegaard.

NELLYROSAROT17: Wer entscheidet eigentlich, was wirklich groß ist und was nicht? Ich finde, das ist eher eine Geschmacksfrage … ☺

NERDINATOR: Stimmt, der Geschmack ist auch wichtig.

LULU@alle: Danke für eure GROSSartigen Antworten, schlauer bin ich allerdings immer noch nicht. Schätze mal, ich brauche »Private Practice«.

Samstag, 17. November

LULU:
Hallooooooooooooooooooooooo?!?!

BEN:
Hallo, Rakete! Wie geht's?

LULU:
Gut und selbst?

BEN:
Danke. Gut.

LULU:
Warst du eigentlich auf einer Halloween-Party? Als was bist du gegangen? Brauchst du überhaupt ein Kostüm – weiß ja nicht, wie du aussiehst?

BEN:
Haha. Sehr witzig. Fühle mich allerdings gerade wirklich wie ein ausgehöhlter Kürbis, jedenfalls vormittags, wenn ich in der Schule sitze (auf der Party war ich ein Ork). Und du? Kostümierung erforderlich?

LULU:
Nicht wirklich, ich bin als MeerJUNGFRAU gegangen und habe daran bis heute nichts geändert! ☺

BEN:
Meerjungfrauen können doch gar nicht gehen, weil: Sie haben keine Beine. Oder was genau willst du mir gerade sagen?

LULU:

Blödkopf! Was ich damit – eher subtil, aber meiner Meinung nach trotzdem sehr offensichtlich – sagen wollte, ist: Marco und ich haben es nicht getan…

LULU:

Wieso antwortest du nicht? Bist du vom Stuhl geknallt? Kennst du mich jetzt nicht mehr?

BEN:

Sorry, musste erst mal meine Überraschung verstoffwechseln. Dessous, Kondome und die ganze Vorbereitung… und dann war nix? Was ist passiert?

LULU:

Es kam im entscheidenden Augenblick etwas dazwischen: Wir waren eigentlich gerade richtig schön »dabei«. (Das ist der große Vorteil an Marcos Wohnsituation: Der Trainingsraum liegt im Keller und hat einen separaten Eingang. Das ist echter Luxus!!! Aber dann standen trotzdem plötzlich Marcos Eltern auf der Matte. Zum Glück haben sie vorher angeklopft und uns auch einen Moment Zeit gelassen. An sich hatten sie vor, ins Kino zu gehen, aber dann war die Vorstellung wohl ausverkauft und noch irgendwas anderes… um es auf den Punkt zu bringen: Sie haben den MAGIC MOMENT zerstört! Und jetzt bin ich schon etwas enttäuscht, dass ich immer noch kein Mitglied des »Clubs« bin…

BEN:

Coitus interruptus… du fängst ja direkt mit den härtesten Erfahrungen an…

LULU:
Toll, du bist schon ein Ork, brauchst dich gar nicht zu verkleiden!

BEN:
SORRY! War nicht so gemeint, ich war nur total überrascht. Wie geht's dir denn damit? Totaler Frust? Oder habt ihr schon einen nächsten Versuch geplant?

LULU:
Ehrlich gesagt sehe ich das Ganze heute schon etwas entspannter. Samstagnacht war ich natürlich total frustriert und ich hab mich auch ziemlich vor Marcos Eltern geschämt. Jetzt denke ich, es könnte eine Art »Wink des Schicksals« gewesen sein. (Meinte Nelly übrigens auch.)
Aber jetzt zu dir: Wie war denn EUER Abend??????

Sonntag, 18. November

BEN:
Sorry, dass ich gestern einfach weg war. Hatte aber einen bestimmten Grund, der auch etwas mit unserem Deal zu tun hat... muss dir nämlich noch etwas beichten. Weiß gar nicht, wie ich das rüberbringen soll.

LULU:
Los... einfach raus damit! Wer nicht wagt, der nicht gewinnt! Übrigens: DEINE WORTE!

BEN:
Okay, also... das ist jetzt vielleicht eine seltsame Frage,

aber: GIBT ES DICH EIGENTLICH WIRKLICH, LULU ROCKET?

LULU:
Warum sollte es mich nicht geben? Was glaubst du denn, wer dir schreibt? Verstehe die Frage irgendwie nicht ...

BEN:
Mann, dass ich nicht mit einem Geist chatte, ist mir auch klar, aber... ach verdammt, ich hätte doch nicht fragen sollen. Aber jetzt muss ich dir die Frage wenigstens erklären. Ich hab dir doch von Alex erzählt, meinem besten Freund. Dem habe ich von der Sache mit uns erzählt. Ich hab ihm gesagt, dass wir chatten, uns alles erzählen usw. Und dass du mir total wichtig geworden bist – du, Lulu Rocket, das unbekannte Mädchen aus dem Internet. Und weißt du, was Alex dann gesagt hat?

LULU:
Na? Kann's kaum erwarten...

BEN:
Er sagte genau das, was ich dich gerade gefragt habe. Er meinte, dass es dich vielleicht gar nicht geben würde... jedenfalls nicht als die, die du vorgibst zu sein. Soll heißen, dass du vielleicht ein Fake bist! Alex sagte – sorry für die harten Worte –, dass du mich möglicherweise nur verarschst. Und in Wirklichkeit vielleicht eine von unserer Schule bist, die mich die ganze Zeit an der Nase herumführt. Vielleicht seid ihr ja sogar zu mehreren, sitzt zusammen vorm Bildschirm und lacht euch tot über mich. Und irgendwann veröffentlicht ihr das Ganze irgendwo in einem Internet-Forum und dann bin ich für den Rest mei-

ner Tage blamiert ... Ich habe Alex zwar gesagt, dass ich das nicht glaube (weil ich irgendwie WEISS, dass es dich gibt. Ist fast schon unheimlich, wie sehr ich das ... spüren kann). Aber als du mich dann diese Sachen über Sex gefragt hast – also echt persönliche, geheime, intime Dinge, über die ich sonst mit NIEMANDEM rede, da habe ich irgendwie kalte Füße bekommen ...

LULU:
Aha ...

BEN:
Und da ist noch was, was mich verunsichert hat. Obwohl ich jetzt bestimmt endgültig alles kaputt mache, wenn ich dir das auch noch sage. Du scheinst dich hier in München so gut auszukennen, dass ich wirklich misstrauisch geworden bin. Schließlich wohnst du ja in Hamburg. Wie kommt das? Ich bin mir sicher, dass es dafür eine ganz einfache Erklärung gibt, oder?!

LULU:
Nur weil ich behauptet habe, dass man in München *Minga* sagt? Stell dir mal vor, das stimmt gar nicht. Hab gestern eine Kabarettsendung aus Schwabing gesehen und da sagte so ein Poetry-Slammer, dass man die ZUAGROASTN daran erkennt, dass sie MINGA sagen, weil sie denken, dass sie das zu echten Münchnern macht. Und dabei ist das Quatsch. KEIN echter Münchner nennt seine Stadt so. Das müsstest DU doch am besten wissen, oder?

BEN:
Stimmt, aber Alex hat mich mit seiner Vermutung total verunsichert. Darum habe ich eine Bitte, von der ich hoffe,

dass du sie mir nicht übel nimmst. KANNST DU IRGENDWIE BEWEISEN, DASS DU »ECHT« BIST?

LULU:
Ähm, sorry, aber das wird mir jetzt doch irgendwie ein bisschen zu blöd. Ich kann schon verstehen, dass ihr beide auf diesen Gedanken gekommen seid. (Nelly hat mal etwas sehr Ähnliches gesagt.) Aber im Gegensatz zu dir habe ich meine Bedenken und Ängste bis jetzt mit mir selbst ausgemacht. Auch ich habe dir mehr als genug »intime« Details aus meinem Leben erzählt, weil ICH dir vertraut habe. Du könntest mich also genauso bloßstellen... Ich bin dieses Risiko aber eingegangen, weil ich dich mag und dir vertraut habe. Von daher verstehst du vielleicht, dass mich deine Verdächtigungen ziemlich verletzen. Bin jetzt erst mal weg. Keine Ahnung, wann ich mich wieder melde, aber wie du weißt, habe ich ja auch noch ein REAL LIFE!
Deine (existierende!) Lulu

BEN:
Hey, warte! Hau nicht einfach ab. Ich frage dich das doch nur, weil mir die Sache mit dir wirklich etwas bedeutet!

BEN:
Lulu? Hey, bist du noch da?

BEN:
Ach, verdammt... tut mir leid. Vergiss, was ich geschrieben habe. Bitte!

Montag, 19. November

BEN:

Lulu, es tut mir wirklich leid. Bitte glaube mir! Ist doch ganz egal, wer du bist – du bist mir echt wichtig, sehr sogar. Eine ganze Menge sogar. Darum vergiss meinen bescheuerten Verdacht. Bitte! Und melde dich wieder.
Dein verzweifelter Ben.

BEN: Habe gerade einen Artikel gelesen, in der Pixel und Atome verglichen wurden. Beide sind Bausteine der Wirklichkeit, einmal hier im Netz, einmal dort draußen in der Welt. Ist also beides »Wirklichkeit«?

SASCHA T-PUNKT: Wirklich ist das, was man für wirklich hält.

NERDINATOR: Ich halte es gerade für wirklich, dass ich eine Million Euro auf dem Konto habe.

TOM BOMBADIL: Das ist eine WIRKLICH schlaue Frage, Ben. Ich denke, dass man selbst entscheiden kann, wie man damit umgeht. Natürlich ist vieles im Netz wirklich – einfach weil so viele Leute daran glauben!

NELLYROSAROT17: Pixel können einen betrügen, das sollte man nicht vergessen! Sie können manipuliert werden... aber das gilt natürlich auch für Atome.

NERDINATOR@NELLYROSAROT17: Willst du mit mir ein paar Pixel betrügen?

NELLYROSAROT17@NERDINATOR: Nein, WIRKLICH nicht! Aber danke für das Angebot (was immer du damit gemeint hast).

ALEX E: Das Internet ist ein Teil der Wirklichkeit, nicht mehr und nicht weniger. Es ist nicht mehr und nicht weniger wert als die Real World. Aber solange wir Wesen aus Fleisch und Blut sind, sollten wir nicht vergessen, wo wir hingehören. Pixel machen nicht satt und wärmen einen nicht im Winter!

Dienstag, 20. November

BEN:

Lulu? Bist du da? Ich wollte dich bestimmt nicht verletzen mit meiner Frage! Echt nicht. Wollte nur… sichergehen. Weil du mir eine Menge bedeutest. Hoffe, du meldest dich wieder!

Donnerstag, 22. November

BEN:

Liebe Lulu Rocket, ich habe keine Ahnung, ob du das hier überhaupt noch liest oder nicht. Aber ich möchte dir sagen, dass ich mich echt mies fühle. Wie ein Verräter. Es tut mir leid. Weißt du, was das Seltsame ist? Ich muss ständig an dich denken. An dich, von der ich dachte, dass es sie vielleicht gar nicht gibt… das ist so unlogisch, so bescheuert! Ich hab das jetzt kapiert. Sorry. Sorry. Sorry.

LULU:

Ich bin GAR NICHT DA! ICH lese DAS NICHT!

BEN:

Freue mich sehr über dein Lebenszeichen. ☺ Aber man merkt auch, dass du immer noch ziemlich sauer bist. Zu Recht! Ich habe mich wirklich blöd verhalten und wünschte mir, ich könnte es rückgängig machen. Aber das geht wohl nicht. Die Zeit kann man schließlich nicht zurückspulen. Aber vielleicht kann ich es ein bisschen besser machen, wenn ich dir erzähle, was letztens passiert ist: Es geht um einen Abend, den ich mit Larissa verbracht habe. Ihre Eltern waren nicht da und wir hatten sturmfreie Bude. Ziemlich aufregend, das Ganze. Wir haben so getan, als wäre es unser Haus, in dem wir gemeinsam leben. Erst haben wir zusammen gekocht, dann sehr stilvoll den Tisch gedeckt, mit Servietten und allem, und bei Kerzenlicht gegessen (Nudeln mit Shrimpsoße und dazu Rucola-Salat. Zum Nachtisch gab es Sahnequark mit Beeren! *hmmjam*). Anschließend sind wir aufs Sofa umgezogen und haben Musik gehört. Wir haben miteinander rumgemacht und es lag in der Luft, dass in dieser Nacht mehr zwischen uns passieren würde. Warum auch nicht? Wir mögen uns, wollen es und hatten an diesem Abend die beste Gelegenheit. Aber irgendwie kam ich mir vor wie ein Formel-1-Wagen, der von der Poleposition starten darf, aber dann in letzter Sekunde einfach den Motor ausstellt. Ganz seltsam. Wir hätten es tun können, aber irgendetwas hielt uns davon ab – beziehungsweise hielt *mich* davon ab. Larissa hat natürlich gemerkt, dass ich nicht wirklich in Stimmung war. Sie hat mich gefragt, was mit mir los wäre. Ich habe ihr gesagt, dass ich mich nicht so gut fühlen würde und dass ich vielleicht eine Erkältung bekäme oder so. Sie ist dann auf Abstand gegangen, weil sie total panisch ist, was Krankheitskeime angeht... ich war nicht undankbar dafür. Die Wahrheit aber war eine andere – ich war nicht so richtig bei der Sache, weil ich an DICH denken musste. Und zwar die ganze Zeit. Fast so, als wenn DU meine Freundin wärst und ich gerade dabei wäre, dich zu betrügen. Ich weiß natürlich, dass das totaler Quatsch ist. Aber ich möchte dir trotzdem sagen, dass ich mich irgendwie verbunden gefühlt habe und es auch immer noch tue. Und dann auf einmal, es war schon mitten in der Nacht, ist mir klar geworden, was das zu bedeuten hat. Ich brauche keinen Beweis, ob es dich gibt, kein Foto, kein Telefonat, keine Sounddatei mit deiner Stimme. Weil ich einfach WEISS, dass es dich gibt. Und dass du so bist, wie ich dich bisher kennengelernt habe. Kein Fake. Alles echt. Diese Erkenntnis hat sich verdammt gut angefühlt. Wollte ich dir nur sagen.

Freitag, 23. November

BEN:
Lulu? Wir hatten doch einen Deal? Ich möchte dich nämlich was fragen: Wie entschuldigt man sich bei einem Mädchen, dem gegenüber man sich echt blöd verhalten hat? Obwohl man sie eigentlich total gerne mag? (Und bevor du das jetzt missverstehst: Ich rede gerade nicht von Larissa oder sonst wem. Sondern von dir.)

Samstag, 24. November

BEN:
Kennst du Farmerama? Habe auf allen meinen Feldern Online-Rosen gezüchtet. Für dich!

Sonntag, 25. November

BEN:
Es ist so: Ich vermisse dich. Wirklich. Das habe ich noch nie einem Mädchen gesagt. Unser Chat, das war einfach cool. Immer wenn ich online gegangen bin, habe ich eine

PN von dir gefunden. Oder wir haben gechattet. Und jetzt soll alles vorbei sein?

BEN:

Ich springe mit einem Gewicht an den Füßen in die Isar, wenn du dich nicht meldest!

LULU:

Aber nicht doch, das kann ich auf gar keinen Fall verantworten!
PS: Vergiss nicht, die Online-Rosen zu gießen. Wäre sonst schade drum ...

BEN:

Lulu! Puh, bin supererleichtert, endlich wieder von dir zu hören! Wenn du mich sehen könntest, wüsstest du, dass ich jetzt grinse wie einer, der im Lotto gewonnen hat! Und die Online-Rosen, die kommen per Internet-Expressbote zu dir. Versprochen. Auf dem schnellsten Weg! (Oh man, das ist so super, dass du wieder mit mir redest! Oder chattest oder wie auch immer. Bin echt totaaaal erleichtert!)

LULU:

Habe einen Vorschlag für dich: Lass uns mal 'ne Weile das Thema Beziehungen komplett ausklammern und über etwas anderes reden. Mal sehen, ob das dann genauso gut funktioniert. Wenn ja, könnten wir ja mal darüber nachdenken, das Ganze auf das nächsthöhere Level zu heben: TELEFONIEREN. Also: Die Namen MARCO und LARISSA sind ab sofort tabu. Kannst du damit leben?

BEN:

Bin mit deinem Vorschlag einverstanden: keine Bezie-

hungsthemen. Außerdem interessieren mich sowieso auch viele andere Dinge in deinem Leben, die nichts mit Marco oder anderen Jungs zu tun haben!
PS: Schon die Vorstellung, mit dir zu telefonieren, macht mich total nervös. Was ist, wenn wir uns im Real Life total komisch finden? Oder gar nicht verstehen? Boah! Das wird spannend!

Montag, 26. November

BEN:
Wie vereinbart – keine Beziehungsthemen! Das Leben hat sowieso auch so einiges anderes zu bieten und nicht alles davon ist positiv. Leider! Das beste Beispiel war heute Vormittag: Während der großen Pause gab's bei uns auf dem Schulhof eine Wahnsinnsschlägerei. Und was machen die ganzen Deppen? Stehen drum herum und feuern die beiden, die sich da gerade gegenseitig die Knochen brechen, auch noch an. Hat nur noch gefehlt, dass sie Wetten abschließen, wer am Ende gewinnt (Alex wollte das wirklich machen ...). Für mich hatte das Ganze ein ziemlich schmerzhaftes Ende. Ich wollte nämlich dazwischengehen und die beiden Idioten trennen. War keine gute Idee: Ich habe selbst mächtig eins auf die Nase bekommen – und jetzt muss ich mindestens eine Woche lang mit einem fetten Verband im Gesicht rumlaufen. Sehe aus wie 'ne Mumie!

LULU:
Als ich klein war, wollte ich unbedingt Archäologin werden, weil ich Mumien so toll fand. ☺ Armes Ben-Töff-Töff!

Oder soll ich dich ab jetzt lieber Mister Super-Hero nennen? Nein, im Ernst: Bin stolz auf dich (mal wieder!). Irgendwie erinnert mich das an ein Erlebnis, das ich mal mit Paulchen und einer dicken Pudeldame hatte. Bei mir war's allerdings die rechte Hand statt der Nase. Gute Besserung an dieser Stelle für deine Nase (von der ich ja leider gar nicht weiß, wie sie aussieht. Ist sie eher markant? Gerade? Oder krumm, weil siehe oben?).

BEN:

Ok, dann sind wir beide Superhelden – ich stifte auf dem Schulhof Frieden, du auf dem Hundespielplatz! So was wie die »Phantastic Two«... aber wenn ich das richtig sehe, leitest du gerade einen neuen Schritt in unserer Freundschaft ein. Du fragst mich nach meinem Aussehen? Zumindest nach einem Detail (Nase)! Warum nicht? ☺ Zumal ich dir zu diesem Thema gut Auskunft geben kann. Sofia meinte früher mal, dass sie am liebsten eine Ski-Schanze nach dem Vorbild meiner Nase formen würde – erst geht es steil nach unten, dann aber wieder ein wenig bergauf... ich fand das überhaupt gar nicht witzig. Außerdem stimmt es nicht. Ich finde, ich habe eher das Modell »Haken« im Gesicht. Was ist mit dir? Verrätst du mir auch ein Detail? Zum Beispiel deine Augenfarbe?

LULU:

Dieselbe wie Paulchen, Dunkelbraun.

BEN:

Dunkelbraun... ja, ich finde, das passt zu dir (frag mich nicht, warum! Ist einfach so ein Eindruck!☺). Habe ich dir eigentlich schon geschrieben, dass ich dich um Paulchen beneide? Ich hätte selbst auch gerne einen Hund. Aber da ist nichts zu wollen. Meine Eltern bewegen sich in dieser Diskussion keinen Millimeter. Als ich sie das letzte Mal darauf angesprochen habe, war ihre Begründung, dass sie nicht noch mehr Chaos im Haus aushalten würden! Das war natürlich eine Anspielung auf Robby. Wie sieht Paulchen eigentlich aus? Was für eine Rasse? Seine Augenfarbe kenne ich ja nun schon! ☺

LULU:
Paulchen zu beschreiben, ist gar nicht so einfach, weil er ein Cocktail aus den unterschiedlichsten Zutaten ist. Er ist so viel Mischling, wie man nur Mischling sein kann. Man nehme einen Schuss Honig (für die Schnurrbarthaare), eine gute Portion Nutella (für den Bauch), dazu ein paar Löffel Apfelmus für den Rücken sowie ein bisschen Schlagsahne für die Pfötchen. Ein strubbeliges Etwas zum Reinbeißen. ☺

BEN:
Gut, dass ihr nicht in China lebt …

LULU:
Haha, saublöder Witz. Daraus spricht doch nur der pure Neid!
Aber es tut mir natürlich leid, dass deine Eltern so streng sind, denn einen Hund zu haben, ist für mich neben dem Ballett das Allergrößte. (Nur nicht ganz frühmorgens, wenn ich noch vor der Schule mit ihm rausmuss). Apropos, dort, also in der Schule, hat Paulchen auch viele Fans – allerdings nicht bei den Lehrern. Ich musste ihn neulich mal mit in den Unterricht nehmen, weil bei uns keiner zu Hause war, um auf ihn aufzupassen und mit ihm Gassi zu gehen. Andere Leute bekommen Ärger wegen Pornos auf dem

Handy, Schlägereien (!!!) oder Drogen, ich wegen Paulchen. Doch mein Hund hat die Aufmerksamkeit (und einen Großteil der Pausenbrote!) genossen und möchte seitdem am liebsten jeden Tag mit...

BEN:

Du hast deinen Hund mit in die Schule genommen? Wie cool ist das denn! Übrigens sagen meine Eltern bei dem Thema auch immer, dass man sich um einen Hund kümmern müsste, mit ihm Gassi gehen, füttern, zum Tierarzt und so weiter – und dass wir mit Robby schon genug zu tun hätten. Dabei ist das Blödsinn, ein Rollstuhlfahrer kann sich doch sogar selbst um einen Hund kümmern! Wie ist das bei dir? Hilft dir Fynn manchmal mit Paulchen? Oder ist er noch zu klein dazu?

LULU:

Beim Gassigehen begleitet Fynn uns häufig, aber meistens muss ich dabei höllisch aufpassen, dass mein Brüderchen mir nicht ausbüxt, echt anstrengend! Für den braucht man fast auch 'ne Leine. Fynns Versuche, den Hund zu bürsten, enden in der Regel nach den ersten beiden Strichen, weil Paulchen dann sofort das Weite sucht. Füttern ist auch so 'ne Sache: Fynn ist der absolute Meister darin, das Futter NEBEN den Napf zu schütten... Noch Fragen?

BEN:

Doch, Fragen hätte ich noch jede Menge. Aber du scheinst ja nicht so wild darauf zu sein!?? Aber sei beruhigt, ich muss jetzt sowieso gehen, Basketballtraining steht auf dem Programm. Bis zum nächsten Mal!

LULU:
Dunk it!

BEN:
☺ Hey, du hast dich schlaugemacht und kennst jetzt die Fachausdrücke! Freut mich. (Allerdings ist das mit dem »dunken« so eine Sache – gelingt mir nur an den guten Tagen. Aber ich arbeite daran.)

LULU:
Und wenn du es geschafft hast, gehen wir zur Belohnung zusammen zu Dunkin Donuts! ☺

Dienstag, 27. November

LULU:
Pffff, in genau EINEM Monat ist Weihnachten schon wieder vorbei, ist das zu fassen?! Jedes Jahr das gleiche: Wir sitzen zusammen unterm Baum, singen Lieder, machen uns gegenseitig Geschenke (wünsche mir dieses Jahr allerdings Geld!), dann schön essen und anschließend in die Kirche gehen. Das volle Programm eben. Meine Tante wird in der Zeit auf Fynn aufpassen (weil sie mit Kirche nichts am Hut hat). Wenn wir nach Hause kommen, gibt's Glühwein und wir fallen alle todmüde, aber glücklich ins Bett... Und wie ist es bei euch? Magst du/mögt ihr Weihnachten? Und betest du manchmal?

BEN:
WEIHNACHTEN?! Oh Mann, wenn mir im Moment nach irgendetwas nicht zumute ist, dann ist es X-Mas. Meine

Laune ist wegen Robby wieder mal ziemlich im Keller – das Internatsthema wird wieder aktuell! Meine Eltern lassen nicht locker und wollen Robby unbedingt überreden, dorthin zu ziehen. So ein Sch... aber mir fällt was Lustiges ein. Als ich klein war, drei oder so, da haben meine Eltern gesagt: »Zu Weihnachten bekommst du ein Brüderchen ...« Weil Robby im Dezember zur Welt gekommen ist. Wenn sie mich dieses Jahr fragen, was ich mir wünsche, werde ich einfach sagen: »Ich möchte mein Brüderchen behalten. Das ist mein einziger Wunsch.«
Aber wenn das nicht klappt und Robby wirklich wegmuss ... dann ziehe ich auch aus. Mit Robby! Bin eh bald volljährig. Dann haben sie endlich schön ihre Ruhe und können sehen, wo sie ohne uns bleiben. Hast du schon mal daran gedacht abzuhauen? Oder macht eine Primaballerina so etwas nicht? Kann mir das jedenfalls gar nicht so vorstellen.

LULU:
Primaballerina?! Klingt gut. *gg*
Soll ich dir was verraten?

BEN:
Klar, verrat mir was!!

LULU:
Sitze hier gerade und schniefe in ein Taschentuch, weil ich es so rührend finde, was du dir zu Weihnachten wünschst. Also werde ich dafür beten (ja, das tun wir Nonnen!), dass mit dir, Robby und deiner Familie alles gut wird und deine Eltern eine andere Lösung (Pflegekraft?!) finden. Wie ernst ist es dir damit, notfalls abzuhauen?

BEN:

Keine Ahnung... Andererseits denke ich schon oft dran, einfach meinen Kram zu packen und zu verschwinden.

LULU:

Ja, so wie früher, als man noch klein war...
Hast du das auch so gemacht: deinen Koffer/Rucksack gepackt, belegte Brote, deinen Teddy und zwei Euro reingesteckt und was man halt noch so alles zum Überleben braucht?! Und bist dann losgestiefelt, um schon an der nächsten Ecke so viel Schiss zu kriegen, dass du wieder umgedreht bist? Ich hab mein rotes Köfferchen immer noch, für den FALL DER FÄLLE. ☺

BEN:

Unglaublich, wie dicht du an der Wahrheit bist! Als ob du mich wirklich kennen würdest... allerdings habe ich nicht meinen Teddy eingepackt, sondern meine Power-Rangers-Figuren. ☺ Wie ist es denn bei dir in Sachen Abhauen – ich meine, heute?

LULU:

Vor ungefähr einem Jahr wollte ich es wirklich mal durchziehen. Ich wollte einfach alles, alles hinter mir lassen. Aber dann haben sich die Dinge plötzlich anders entwickelt. Ich hatte keine Chance, es wirklich in die Tat umzusetzen. Das ist einer der vielen Nachteile, wenn man noch nicht volljährig ist: Andere sitzen am längeren Hebel und entscheiden für dich, auch wenn du diese Entwicklung vielleicht noch mehr zum Kotzen findest als das, was du vorher ertragen musstest...

LULU: WAS WÜRDET IHR EINPACKEN, WENN IHR VON ZU HAUSE ABHAUT?

NELLYROSAROT17: Lipgloss, MP3-Player, Handy, Moms Kreditkarte – wobei: Wenn ich das versuche, geht garantiert irgendwas schief. Also sag ich mal besser: PLAN B!

FEE39: Nicht viel. Mein Klavier, meinen Boxsack, meinen Hasenstall, meine Musikanlage, meinen Kleiderschrank.

ALEX E@FEE39: Hast du vor, mit einer Gruppe Lastenträger das Weite zu suchen? Ich selbst würde übrigens nur das Nötigste mitnehmen: ein Ersatz-T-Shirt, ein Buch, was zu essen.

LULU@ALEX E: Klingt nach Sherpas. ☺

HIBISKUSBLÜTE: Hast du aus irgendeinem Grund Pläne in dieser Richtung, Lulu? Müssen wir uns Sorgen machen? Brauchst du Asyl? (Bist jederzeit bei mir willkommen!)

LULU@alle: Nein, keine Sorge – meine Frage war rein theoretisch!

Mittwoch, 28. November

BEN:
Gestern war einer dieser Monstertage ... (Klassenarbeit: Bio, DNS und so ’n Kram), dann ein BB-Spiel, dann Verabredung. Mann! Dabei wollte ich die ganze Zeit eigentlich nur eins: ins Internet und mit dir chatten, Lu! (Hab das wirklich bis jetzt noch nie gehabt, dass mir jemand so wichtig geworden ist wie du.) Und weil ich unbedingt wissen möchte, was vor einem Jahr bei dir los war!

LULU:
Tut mir leid, aber das ist eins der wenigen Dinge in meinem Leben, die ich dir nur anvertrauen würde, wenn es dich auch in meinem REAL LIFE geben würde. Bitte sei nicht böse ...

Freitag, 30. November

BEN:
Sorry, dass ich ein paar Tage weg war. Musste mich nach deiner letzten PN erst mal sortieren. Irgendwie war ich enttäuscht. Weil ich dachte, dass wir uns ALLES sagen ... aber keine Sorge, das ist okay so, irgendwie.

LULU:
Da bin ich aber erleichtert!
Hatte befürchtet, dass ich dich jetzt verscheucht habe. Aber das, was vor einem Jahr war, kann ich dir wirklich nicht anvertrauen!!!!!!

BEN:

Okay… das klingt so, als wäre das Thema immer noch nicht gegessen für dich. Keine Angst, werde nicht weiter drin rumbohren… aber wenn du es mir eines Tages doch sagen willst, freue ich mich (weil: neugierig bleibe ich natürlich ☺).

Samstag, 1. Dezember

BEN:

Wollte dir übrigens noch etwas sagen, schon die ganze Zeit: Ich bin zwar selbst kein »Beter« (glaube nicht wirklich an den alten Herren mit dem Bart), aber mir hat auch noch NIE jemand gesagt, dass er *für mich* und meine Familie beten will, so wie du. Das ist etwas ganz Besonderes für mich!

LULU:

Tja, das muss alles an meinen katholischen Wurzeln liegen, schätze ich. ☺ Dann wollen wir mal hoffen, dass es auch hilft, ich wünsche es mir so sehr für euch.

BEN:

Danke! Ach ja und noch etwas. Du hast zwar gesagt, dass wir nicht mehr so über Beziehungsthemen sprechen wollen… Aber darf ich dich trotzdem noch mal was in die Richtung fragen?

LULU:

Wsn? (Was denn?) – neige manchmal zum Nuscheln…

BEN:

Da bekomm ich wirklich Lust, mal mit dir zu telefonieren … dein Nuscheln würde ich gerne mal im Real Life hören … ☺ Aber erst mal geht es ja auch so. Meine Frage betrifft Larissa und Alex. Die Sache ist die, dass die beiden sich einfach nicht ausstehen können. Ist auch weiter nicht verwunderlich. Alex ist ein Riesenchaot, der regelmäßig kifft und nächtelang vor dem PC hockt und sich die Finger wund daddelt. Larissa ist so ziemlich das Gegenteil davon. Sie findet, Kiffen ist das Allerletzte, und hält Computer-Games für reine Zeitverschwendung. Ich fände es zwar schöner, wenn die beiden sich gut verstehen würden und wir auch mal zu dritt abhängen könnten. Aber da ist nichts zu machen. Eigentlich hatte ich mich schon damit abgefunden, aber in den letzten Tagen hat Larissa ständig rumgenörgelt und gesagt, dass ich mich nicht mehr so oft mit Alex treffen soll. Natürlich habe ich ihr gesagt, dass ich es blöd finde, wenn sie mir meinen besten Freund madig macht. Das hat sie auch eingesehen – aber sie erwartet es halt trotzdem von mir. Und jetzt weiß ich einfach nicht, wie ich mich verhalten soll. Sollte ich Larissas Wunsch erfüllen, weil sie doch irgendwie der wichtigste Mensch in meinem Leben ist? Oder muss ich zu meinem alten Buddy stehen?

LULU:

Gut, dass ICH kein solches Problem mit Marco habe. Er hat sich auf Anhieb gut mit Nelly verstanden. (Und übrigens auch mit meinen Eltern und Fynn.) Hab selbst keine Erfahrung mit solchen Situationen, aber ich versuch mal, mich da reinzuversetzen. Hm … Alex ist dein ältester Freund, richtig? L. kennst du erst seit den letzten Ferien und es ist nicht gerade … unkompliziert mit ihr?! Ich glaube, ich würde es so machen: Bring die beiden einfach nicht mehr zusammen (da hat ja eh keiner von euch was von) und mit Alex würde ich genauso weitermachen wie sonst auch. Triff dich mit ihm, so oft ihr beide wollt, und macht, was euch Spaß macht. Mir persönlich gehen alle, die ihr ganzes Leben auf den Kopf stellen und sich komplett dem anderen anpassen, wenn sie in einer neuen Beziehung sind, eh auf den Senkel. Als meine Freundin Pia mir eröffnet hat, dass sie sich künftig nie mehr am WOE mit mir treffen kann, weil ihr neuer Typ nur DANN kann, hab ich mich ganz schön abgeschoben gefühlt. Ich hab's zwar akzeptiert (und insgeheim gehofft, dass sich das irgendwann gibt), aber später stellte sich heraus, dass Pias Neuer ein Kontrollfreak war und die Sache mit den WOEs nur der Auftakt zu anderen Knallern dieser Art. Mittlerweile sind die beiden nicht mehr zusammen, und das ist auch gut so. Will sagen (oder fragen): Was kommt als Nächstes, wenn L. jetzt schon Stress wegen Alex macht?

BEN:

Liebe Lulu, danke für deine Antwort – auch wenn sie ein wenig wie bittere Medizin schmeckt... Ich hoffe, dass du damit nicht recht hast und Larissa eben nicht bald mit der nächsten Sache ankommt! Das Problem ist nur, dass ich ihr gar nicht so richtig widersprechen kann, wenn sie über Alex herzieht. Er ist nun mal wirklich so ein Superchaot, der ständig irgendeinen Mist baut. Und vermutlich hat er tatsächlich nicht den besten Einfluss auf mich. Aber ist das nicht genau das, was gute alte Freunde ausmacht – dass man eben trotzdem zu ihnen hält? Obwohl sie vielleicht ein paar Seiten haben, die einem nicht schmecken? Alex wird es mit mir ja wahrscheinlich auch nicht anders gehen. Ehrlich gesagt, ich weiß einfach nicht genau, wie ich die Sache mit Larissa und Alex lösen kann. Ich kann das nicht

so weiterlaufen lassen wie bisher. Vielleicht entspannt sich das Ganze ja über Weihnachten, weil Alex dann sowieso mit seiner Familie im Urlaub ist.
Wie ist das eigentlich bei dir in Sachen Freunde? Meistens erzählst du ja nur von deiner Cousine Nelly... (Oder bist du so ein Familienmensch, dass du mit niemandem redest, der nicht mit dir verwandt ist?)

LULU:

So weit alles im grünen Bereich! Bin jetzt off, Balletttraining.

BEN:

Hoppla! Hab ich einen wunden Punkt getroffen? Klär mich auf, wenn du wieder on bist.

NELLYROSAROT17: Same procedure as every year: Weihnachten kommt immer so plötzlich... und ich hab noch nicht ein Geschenk. *Stöhn*

LULU@NELLYROSAROT17: Wozu hat das Christkind das Online-Shopping erfunden? *gg* Kopf hoch, das schaffst du!

HIBISKUSBLÜTE@LULU: OMG – gut, dass du mich daran erinnerst!

ZEITREISEQUEEN: Na, ihr seid mir ja Schnuckels! Habt ihr keine X-Mas-Präsente-App?

NERDINATOR@NELLYROSAROT17: Macht nichts, kannst mir mein Geschenk auch noch nächstes Jahr geben.

FEE39: Versuch's doch einfach mal mit der Kraft guter Gedanken und Wünsche. Darüber freut sich jeder! ☺

SASCHA T-PUNKT: Weihnachten kommt plötzlich?! Stimmt, ist echt überraschend, dass es sich immer gerade den 24. Dezember aussucht. Lass dir doch einfach mal einen Kalender schenken. ☺

Sonntag, 2. Dezember

LULU:

Menno, bin gerade total k. o. Das Training für unsere Weihnachtsaufführung schlaucht total! Sei froh, dass ihr beim BB nicht so einen Stress vor X-Mas habt! Wie geht's der Black Mamba? Liegst du auf dem Sofa und überlegst, was du L. zu Weihnachten schenkst?

BEN:

Moment mal! Basketball-Training ist IMMER anstrengend, also nicht nur vor Weihnachten ... ist eben Sport und nicht rhythmisches Schweben nach Musik. Habe gestern übrigens die erste Tür an meinem Adventskalender geöffnet (jaja, wie alle anderen Menschen auch, ich weiß ☺) – und hatte eine supercoole Überraschung. Hast du auch einen? Oder findest du das kindisch?

LULU:

Nein, ganz im Gegenteil: ICH LIEBE ADVENTSKALENDER! Was war denn in deinem? (Ich habe einen selbst gebastelten von Mom, nicht so ein Schokodings vom Discounter oder die tonnenschwere Edelalternative voller Marzipan.) Apropos: Magst du Marzipan?

BEN:

Du meinst Kotzipan? Hasse es. Ich verhungere lieber ... und um deine Frage zu beantworten: Meinen Kalender hat mir Robby gebastelt. TOTAL COOL, konnte es gar nicht fassen, als er ihn mir heute gegeben hat. Hinter jedem Türchen ist das Foto von einem NBA-Player ... Mann, ich hätte echt heulen können!

LULU:
...heule gleich mit... schnief... wie ist denn eigentlich der neuste Stand in Sachen Internat? Haben meine »Gebete« geholfen?

BEN:
Weiß ich noch nicht so genau. Doch, irgendwie schon. Meine Eltern wollen nächstes Wochenende mit Robby zu dem Internat fahren und es sich gemeinsam ansehen. Dann soll Robby selbst entscheiden, was er möchte. Die Kuh ist also so gut wie vom Eis. Denn er möchte garantiert NIEMALS dorthin.

LULU:
Ich hab noch mal über die Geschichte nachgedacht. Abgesehen davon, dass du Robby lieber bei dir hättest, würde das nicht vielleicht auch gewisse Vorteile haben? Also, ich meine zusätzlich zu einer gewissen Erleichterung für deine Eltern?

BEN:
Ja, klar, das könnte schon sein. Der größte Vorteil an dem Internat ist, dass es dort viele spezielle Sportangebote für Rollifahrer gibt – und eigentlich ist Robby trotz des Unfalls immer noch ziemlich fit. Er spielt genau wie ich Basketball, nur eben in einer Rollimannschaft. Am Wochenende spielen wir oft zusammen auf einem Platz hier in der Nachbarschaft. Es ist Wahnsinn, was er für ein Ballgefühl hat. Er hat eine Freiwurfquote von 90 %, das ist der Hammer. Aber Rolli-BB könnte er natürlich auch hier in der Stadt spielen. Es ist halt nur aufwendiger, weil er immer mit einem Spezialauto oder mit dem Bus dorthin fahren bzw. gebracht werden muss.

Ich finde einfach die Vorstellung grausam, dass unsere Familie auseinandergerissen wird! Vielleicht bin ich auch einfach nur egoistisch und habe Angst davor, ganz alleine mit meinen Eltern hier zurückzubleiben. Dann müsste ich deren Erziehungsanfälle ja ganz alleine ertragen. Und jetzt vor Weihnachten ist das besonders hart. Ich bin in dem Punkt nämlich anders als viele andere (liegt vermutlich auch an Robby). Mir ist es einfach total wichtig, ein harmonisches Weihnachtsfest zu haben. Wir sind alle zu Hause, es gibt was Jamie-Oliver-Mäßiges zu essen, wir gucken eine DVD, spielen was. Also so ähnlich wie bei euch! Obwohl ich zugeben muss, dass ich meistens so gegen 10 dann doch einen Rappel kriege und erste Allergie-Reaktionen auf die Family-Idylle entwickle. Meistens treffe ich mich dann noch mit Alex und ein paar anderen und wir gehen noch in irgendeinen Club und lassen dort die After-Party steigen…

LULU:

Das ist aber wirklich nur FAST wie bei uns, weil: Ihr habt keinen Hund, der jedes Jahr wirklich alles versucht, um die Weihnachtsmann-Mütze von Dads Kopf zu klauen, wenn der das obligatorische Happy-Family-X-Mas-Foto schießen will. Und ich WÜRDE zwar gern nach dem ganzen Drum und Dran um die Häuser ziehen, darf aber nicht. In diesem Punkt sind meine Eltern wirklich sehr streng. Während du also in einem schicken Münchner Club die Nacht zum Tag machst, sitze ich wie bereits geschrieben in der Christmette. Amen.

BEN:

Da musste ich bis vor zwei Jahren auch immer hin – bis es dann einmal totalen Stress gab, weil ich während der Messe iPod gehört habe. Seitdem muss ich nicht mehr mit. ☺

LULU:
iPod in der Kirche? Wenn das der alte Herr mit dem Bart sieht. *Kicher*. Aber vor Weihnachten kommt ja bekanntlich erst mal was anderes, nämlich Nikolaus. Magst du eigentlich Schnee?

BEN:
Machst du Witze? Ich bin aus Bayern! Ich liebe Schnee. Ich konnte Ski laufen, bevor ich mein erstes Wort gesprochen habe. Schnee ist für mich wie Wasser für einen Fisch. Gibt es in Hamburg eigentlich Schnee? (Ist vermutlich egal, weil es eh keine Berge gibt... haha.)

LULU:
Schnee ist hier leider eine echte Seltenheit. (Ich kenne ihn jedoch von Fotos und Google Earth, gleichfalls haha.) Aber wenn es dann mal klappt, sieht die Welt für mich immer vollkommen verzaubert aus. Es gibt kaum etwas Schöneres, als der Stille zu lauschen, die nur entstehen kann, wenn der Schnee die meisten Geräusche verschluckt und alles mit seiner hübschen Puderzuckerdecke verhüllt. Das sind die Momente, in denen ich mich geborgen fühle... leider also viel zu selten!

BEN:
Wenn es so weit ist, packe ich eine Ladung Schnee in eine Kühlbox und schicke sie dir. Versprochen. Hat mir nämlich gut gefallen, was du über Schnee geschrieben hast. Es klang so... poetisch.
PS: Wie läuft es eigentlich mit Marco? (Bist du immer noch eine Meerjungfrau?)

Montag, 3. Dezember

LULU:

Mir ist gerade so schlotterkalt, dass es ganz gut ist, dass meine glühenden Ohren mich wenigstens ein bisschen wärmen. Seit Tagen weiche ich dir (und wohl auch ein bisschen mir selbst) aus und versuche, nicht daran zu denken, was da gerade mit Marco abgeht oder vielmehr nicht abgeht. Nur so viel: Wir haben ES immer (noch) nicht getan, waren aber schon mehrmals kurz davor. Ich spüre förmlich dein spöttisches Grinsen, auch wenn ich noch nicht mal weiß, wie es aussieht. Werde mal versuchen, dir das zu erklären: GLAUBST DU AN ZEICHEN?

BEN:

An Zeichen? Was für Zeichen? Meinst du so was wie Punkt, Komma, Strich? Wie kann man an so etwas glauben?

LULU:

Hey, meine Frage war ernst gemeint. Bist du abergläubisch? Spirituell veranlagt oder sonst was in der Art?

BEN:

Hatte ganz vergessen, dass ich es mit einer Ballett-Nonne zu tun habe ... aber warte, nicht böse sein. Will mich nicht drüber lustig machen. Gerade bei dir nicht. Und das hat einen Grund, einen besonderen Grund. Allerdings verrate ich ihn dir nur, wenn du mir versprichst, dich auch nicht lustig zu machen. Okay?

LULU:

OKAY! *HandaufsHerz*

BEN:

Durchatmen. Also, eigentlich bin ich nicht so der Spiri-Typ. Ich glaube eher an die Dinge, die man anfassen kann. Aber vor ungefähr zwei Monaten ist mir etwas sehr Seltsames passiert. Ich habe ein Mädchen kennengelernt. Im Internet. Und seitdem chatte ich fast jeden Tag mit ihr und merke, wie ich immer öfter an sie denken muss. Und da habe ich mich bei dem Gedanken ertappt, ob das vielleicht gar kein Zufall war. Sondern ob irgendetwas sie und mich bewusst zusammengeführt hat... Und ja, ich rede von dir, Lulu, und davon, wie wichtig du für mich geworden bist. Und dass ich vielleicht auch deshalb wissen möchte, was mit Marco ist. Weil ich mir vielleicht wünsche, dass es NICHT klappt zwischen dir und ihm...

Oh Mann, jetzt bist du bestimmt wieder total sauer auf mich, oder?

Dienstag, 4. Dezember

LULU:

Nicht sauer, sondern verwirrt.

Ich glaube nämlich an Magie, Zeichen und so was. Und ich denke auch, dass es was zu bedeuten hat, dass unsere beiden Wege sich in den Weiten des Netzes gekreuzt haben. Vermutlich denke ich kein bisschen weniger an dich als du offenbar an mich... Aber wenn das Schicksal zwei Menschen zusammenbringen kann – dann kann es sie auch trennen, oder?

Mittwoch, 5. Dezember

LULU:
HALLLOOOOO?

LULU:
Hat das Schicksal zugeschlagen? Sind wir jetzt getrennt?

LULU:
Kann ich was in deinen virtuellen Nikolausstiefel tun? (Kann Farmmararana oder wie das heißt auch so was?)

Donnerstag, 6. Dezember

BEN:
Liebe Lulu, habe ein schlechtes Gewissen, weil ich vorgestern einfach off gegangen bin. Kann es aber erklären. Ich habe gemerkt, dass ich auch verwirrt bin. (Finde das Wort eigentlich ziemlich blöd und habe es noch nie so wirklich benutzt. Aber das liegt auch an dir und unserer Freundschaft. Ich benutze auf einmal neue Wörter. Ich traue mich, sie zu benutzen. Weil du das erste Mädchen bist, bei dem ich irgendwie nicht so tun muss, als wenn ich... ein anderer wäre.)
Aber ich frage mich, wenn unser Zusammentreffen so was wie Magie war, was bedeutet das dann für uns? Werden wir für immer nur Internet-Freunde bleiben? Oder wollen wir uns vielleicht wirklich mal treffen?
PS: Hat der Nikolaus dir etwas gebracht?

LULU:

Hm ... ich beginne mal mit der einfachsten Antwort: Ja, ich hatte eine neue CD (welche, wird nicht verraten, du lachst sonst!), MARZIPAN und warme Flauschsocken drin, weil meine Füße die Tendenz haben, zu Eiszapfen zu mutieren, und dann bekomme ich ganz schnell Halsschmerzen und überhaupt und sowieso ...
Möchtest du dich denn wirklich mit mir treffen?
Ich persönlich hätte ja schon genug Bammel vor einem Telefonat. Was ist, wenn wir unsere Stimmen nicht ausstehen können? Oder wenn wir ...

BEN:

Moment! Ich bin mir ganz sicher, dass ich deine Stimme toll finden werde. Es kann gar nicht anders sein!

LULU:

Hättest du denn gar keine Angst vor so einem Treffen? Was ist, wenn wir voreinanderstehen und auf einmal merken, dass all das, was zwischen uns ist, nur eine Seifenblase war?

BEN:

Schluck. Ich gebe zu, so etwas ist mir auch schon durch den Kopf gegangen. Vielleicht hast du recht und wir sollten uns doch nicht treffen. Schließlich wollen wir unsere Freundschaft ja nicht zerstören. Obwohl ...

LULU:

Obwohl was?

BEN:

Obwohl ich nicht finde, dass man sich von seiner Angst

regieren lassen darf. Das wäre feige. Wenn wir füreinander wirklich nur eine Seifenblase sind, dann wird sie doch eines Tages sowieso platzen (auch wenn ich das nicht glaube. Im Gegenteil).

LULU:
Du hast recht, Ben. Lass uns mutig sein!

BEN:
Na ja, Moment, ein paar Dinge würde ich schon gerne noch vorher abklären!

LULU:
Was soll das denn jetzt heißen?!

BEN:
☺ Keine Sorge, ich dachte da bloß an die Sache mit der Musik, für die ich dich angeblich auslachen würde. Das hat mir WIRKLICH Angst gemacht. Ich taste mich mal vorsichtig ran: Die Amigos? Florian Silbereisen? Oder gar Benjamin Blümchen? Sag schon, für welche CD schämst du dich?

LULU:
Ok, du hast es so gewollt: Es ist die neue von SILBERMOND. Ich weiß, dass oft allein die bloße Erwähnung dieses Namens bei Jungs einen anaphylaktischen Schock auslöst ...

BEN:
Nein, keine Sorge. Stefanie Kloß ist super und sie hat echt 'ne große Stimme! Das geht also völlig in Ordnung.
Puh, bin total erleichtert. ☺ Und damit steht es für mich

nun auch fest: Ja, ich will dich treffen. Obwohl ich auch nicht wirklich weiß, wie – Hamburg ist halt echt weit weg. Meine Kasse ist vor Weihnachten immer leer, wegen Geschenkekaufen. Aber ganz unabhängig von der Kassenlage: Was würde Marco eigentlich dazu sagen, wenn wir uns treffen? Weiß er von »uns«?

LULU:
Wenn ich ehrlich bin, habe ich keine Ahnung.
Wenn ich NOCH ehrlicher bin: Marco weiß überhaupt nichts von dir. (Weiß L. denn von mir?) Am Anfang gab es ja noch keinen Grund, ihm von unserem Chat zu erzählen, und seit einiger Zeit finde ich die Vorstellung immer schwieriger, ihm nun plötzlich zu eröffnen, dass es da jemanden gibt, der mir sehr, sehr wichtig geworden ist. Und dass die Sache mit ihm und dir sozusagen zeitgleich angefangen hat. Außerdem ist es momentan zwischen uns nicht mehr ganz so toll wie in den ersten Wochen ... Warum das so ist? Schwer zu erklären. Die Aktion mit seinen Eltern war nicht das Einzige, das verhindert hat, dass wir uns nähergekommen sind. Es sind auch die vielen Streits, die wir seit einiger Zeit am Laufen haben und von denen ich dir nicht schreiben wollte, weil das ja doch nur nervt. Am meisten mich. An sich sind das alles immer nur Kleinigkeiten, aber sie sind anstrengend!!!!!!!

BEN:
Oh, das überrascht mich jetzt. Aber erzähl, wenn du magst.

LULU:
Also, weißt du, worum es gestern ging?
Darum, dass ausgerechnet ICH, die ja quasi ausschließlich von Salat lebt, plötzlich nach dem Kino total Lust auf

Junkfood hatte. (Hast offenbar einen schlechten Einfluss auf mich. ☺)
Marco war überhaupt nicht begeistert, ist aber mir zuliebe mitgekommen. Als ich mir eine zweite Portion Pommes bestellen wollte, weil das Zeug so ultralecker geschmeckt hat, zog er auf einmal ein Gesicht und sagte in einem herablassenden Tonfall: »Du weißt aber schon, dass wir Tänzer auf unsere Figur achten müssen?« Das war im Übrigen nicht das erste Mal, dass er raushängen lässt, wie wichtig es ihm ist, ein erfolgreicher Tänzer zu werden. Und ich merke zunehmend, wie ihm bei der ganzen Karriereplanung der Fun-Faktor abhandenkommt.
Und nun bin ich ziemlich ins Grübeln gekommen und frage mich, ob ER wirklich derjenige ist, mit dem ich mein erstes Mal erleben möchte. Denn wenn das Schicksal das für uns vorbestimmt hätte, wär bestimmt schon längst was passiert, oder?

BEN:
Sorry, LULU, muss jetzt leider weg. Bis später …

Freitag, 7. Dezember

BEN:
Liebe Lulu,
du hast gefragt, ob Larissa eigentlich von dir weiß. Die Antwort lautet: Ja, sie weiß Bescheid. Aber es wäre mir lieber, wenn es nicht so wäre. Denn die Wahrheit ist, dass du, liebe Lulu, schon ein paar Mal Anlass für Streit zwischen uns warst (du merkst also – bei uns ist gerade auch nicht nur Harmonie angesagt, im Gegenteil). Larissa möchte

nämlich, dass ich unseren Chat bzw. unsere Freundschaft beende. Sie findet es lächerlich, dass ich mit jemandem so viel Zeit verbringe, den ich gar nicht kenne. Als sie das gesagt hat, habe ich geantwortet, dass das gar nicht stimmt, weil ich dich sehr wohl kenne, vielleicht sogar besser als so manchen Menschen in der Real World. Daraufhin war sie erst recht sauer auf mich und auch auf dich.
Aber es gibt auch noch andere Gründe, weswegen es zwischen uns nicht gut läuft. Da ist natürlich immer noch das Alex-Thema, bei dem sie einfach nicht lockerlässt. Ganz schlimm wurde es, als ich vor ein paar Tagen mit Alex unterwegs war und etwas zu viel getrunken hatte (vom Koma waren wir aber weit entfernt!). Larissa fand das total unreif und hat nur gemotzt, als ich ihr am nächsten Tag davon erzählt hatte. Wie so oft. Sie meint, dass ich meine Energien mehr in die Schule stecken solle ... stimmt, das klingt fast so spaßbefreit wie das, was du von Marco in Sachen Ballett erzählst. Die Story hat mich übrigens echt nachdenklich gemacht. Ich hoffe, dass er dich nicht nur ausgewählt hat, weil du auch Tänzerin bist und darum Verständnis für seine Karriereziele hast. Außerdem finde ich es total wichtig, dass man einfach auch mal alles andere vergisst und zusammen Spaß hat – und wenn man sich total an Pommes überfrisst ... aber eigentlich labere ich gerade nur herum und komm nicht auf den Punkt, weil ich dir was ganz anderes sagen möchte. Nicht so einfach. Luft holen. Anlauf nehmen. Los. Also: ... zwischen mir und Larissa ist es auch noch nicht dazu gekommen. Wir hatten keinen Sex. Obwohl wir schon ein paar Mal kurz davor waren. Aber aus irgendeinem Grund ist immer was dazwischengekommen. Oder vielleicht haben wir auch etwas dazwischenkommen lassen. Ich weiß es einfach nicht. Aber nachdem ich jetzt deine lange PN gelesen habe, frage auch

ich mich, ob das vielleicht ein »Zeichen« ist – ein Zeichen dafür, dass sie einfach nicht die Richtige ist. So wie du daran zweifelst, dass Marco der Richtige ist.
Darum noch etwas Schönes zum Abschluss: Heute Vormittag sind erste, zarte Schneeflocken vom Himmel gefallen. Ich bin in der Pause vom Schulhof gegangen und habe mir vorgestellt, wie es wäre, jetzt gemeinsam mit dir im Schnee spazieren zu gehen ...

LULU:
Habe gerade eine tolle Idee! Bald ist Weihnachten, also Zeit, sich seine Wünsche zu erfüllen, nicht wahr?

Samstag, 8. Dezember

BEN:
Lulu? Ich warte seit gestern darauf, dass du mir verrätst, worin deine GUTE IDEE besteht!!!!!!!

LULU:
Ganz einfach! Ich könnte bald nach München kommen, wenn du mich wirklich gern sehen würdest ...

BEN:
Ob ich dich ... NATÜRLICH. Weiß gar nicht, was ich sagen soll. Das wäre total klasse!! Aber so richtig! Obwohl es natürlich auch riskant ist! Stimmt die Chemie zwischen uns? Können wir uns riechen? Mögen wir uns auch »in echt«? Aber gut, wir werden es herausfinden.
Wie willst du es denn hierherschaffen? Hast du einen Freiflugschein bei der Lufthansa gewonnen?

LULU:

Nein, das nicht gerade... Ich habe gerade totalen Bammel davor, dir den wahren Grund zu sagen, denn dafür müsste ich dir erst mal etwas beichten. Und ich habe Angst davor, dass du dann richtig sauer auf mich bist.

BEN:

Ich kann gar nicht richtig sauer auf dich sein, dafür mag ich dich einfach zu gern. Also, sag schon, was ist los? Geht es darum, dass du Flugangst hast und deshalb in keinen Jet einsteigst? Oder hast du eine Zug-Phobie und kannst nicht mal in die Nähe von einem ICE kommen? Hast du eine Auto-Allergie und gehst nur zu Fuß, sodass du erst im kommenden Frühjahr in München eintreffen wirst?

LULU:

Wenn's doch nur so einfach wäre. *GroßerStoßseufzer*!

BEN:

Okay, werde langsam nervös. Deine gute Idee, von der du geschrieben hast, scheint doch nicht so gut zu sein...

LULU:

Also gut, ich gehe jetzt ein Risiko ein in der Hoffnung, dass wir uns dann/trotzdem WIRKLICH, WIRKLICH »live« sehen können. Es ist so: Mein Vater wohnt in München und würde mir den Flug bezahlen. Schlafen kann ich natürlich auch bei ihm.

BEN:

Wie? Verstehe ich nicht. Ich denke, ihr wohnt alle zusammen in Hamburg?!

LULU:
Mama, Fynn, Paulchen und ich wohnen in Hamburg – mein Vater nicht!

BEN:
Aber du hast doch geschrieben, dass dein Dad ein Geschäft in Hamburg hat???

LULU:
Das war ... ähm ... gelogen. Er hat einen Feinkostladen, aber in München.

BEN:
Aha, ist ja interessant ...

LULU:
Siehst du, du bist doch sauer!

BEN:
Weiß noch nicht genau. Allerdings frage ich mich, was vielleicht als Nächstes kommt. Vielleicht dass deine Schule auch, ganz zufällig, doch nicht in Hamburg ist – sondern hier in München? Warte mal, merke gerade, dass du völlig recht hast: Ich bin sogar stinksauer!

LULU:
Nein, musst du nicht! Ich gehe in Hamburg-Eppendorf auf die sogenannte »Hege-Penne«. Wirklich! Ich schwöre!

BEN:
Weißt du, was? Ist mir gerade egal, wie deine Schule heißt. Und wieso dein Vater hier in München arbeitet. Also echt,

so eine Nummer, damit habe ich nicht gerechnet. Bin off. Good bye.

LULU:
Hey Ben, bitte, bitte sei mir nicht böse … warte, gib mir eine Chance, das zu erklären.

LULU:
Ach Mann, ich hab doch gesagt, dass ich Angst habe, dir die Wahrheit zu sagen, weil ich befürchtet hatte, dass so was passiert. Aber du hast mich gebeten, die Dinge beim Namen zu nennen, und nun bist du sauer. Ist es wirklich so wichtig, WO mein Vater lebt?
Hallo Ben???!!!!!

Montag, 10. Dezember

BEN:
Weiß gar nicht, ob ich dir überhaupt noch schreiben soll, Luca-Luisa. Wie es aussieht, kann ich dir also doch nicht wirklich trauen. Übrigens: Es ist natürlich nicht wichtig, WO dein Vater wohnt. Aber was wichtig ist, ist, dass du eben nicht die Wahrheit gesagt hast – und ich weiß nicht einmal, warum!? Ich dachte, wir vertrauen uns. Hab mich wohl getäuscht und nun frage ich mich, wie weit das eigentlich geht. Ob das am Ende doch alles nur Fake war? Wird wohl so sein. Alex hatte recht. Nichts als Verarsche! Du lebst niemals in Hamburg, sondern wahrscheinlich drei Straßenecken von mir entfernt … Ist mir aber auch egal. OHNE MICH. Bin off, und zwar für immer!!!

BEN SCHUMANN hat LULU ROCKET von seiner Freundesliste entfernt.

Donnerstag, 13. Dezember

LULU:
Mein lieber Ben,
ich sehe, du hast ernst gemacht und mich als deine (virtuelle!) Freundin gelöscht. Ich schreibe dir heute trotzdem, denn zum Glück geht das ja zumindest noch.
Bald beginnt das neue Jahr – und das alte liegt dann endlich hinter mir. Falls es dich überhaupt noch interessiert: Es war eines der schlimmsten meines Lebens. Ja, ich habe dich belogen – oder zumindest in Teilen. Im Grunde habe ich aber gar nicht DICH belogen, sondern in erster Linie mich selbst. Meine Eltern leben seit fast acht Monaten getrennt, deshalb bin ich mit meiner Mom zu ihrer Schwester nach Hamburg gezogen. (Mom kommt ursprünglich von hier und hat sich damals in einen Bayer verliebt und ist mit ihm in den Süden gegangen.) Meine Tante hat eine große Altbauwohnung mit vielen Zimmern und bietet dort Bed and Breakfast an. Und nun beherbergt sie eben auch Fynn, Paulchen, Mama und mich. Mein Vater ist in München geblieben, weil er dort einen Feinkostladen hat. In der Theatinerstraße. Wer weiß? Vielleicht warst du da ja schon mal? Vielleicht sind wir uns dort auch sogar mal begegnet…
Diese ganze Sache zu verkraften, war unendlich schwer für mich, genau so, wie hier nach Hamburg zu kommen.

Deshalb tat es gut, zumindest virtuell so zu tun, als sei alles noch beim Alten. Deshalb erzähle ich auch immer nur von meiner Cousine Nelly, denn meine »echten« Freundinnen leben in München wie du. Womöglich gehen sie ja sogar auf dein Gymnasium? (Was dann ja auch mein altes wäre.) Ich weiß, dass das alles total verrückt klingt, und ich verstehe das, wenn du mir nicht glaubst. Aber gib mir bitte, bitte eine zweite Chance. DU warst derjenige, der mir in den vergangenen Wochen und Monaten Kraft gegeben hat. Und du FEHLST MIR SO UNENDLICH!
Deine Luca-Luisa Rakete

Freitag, 14. Dezember

LULU:
Kannst du mir bitte verzeihen?

Samstag, 15. Dezember

LULU:
Hast du noch niemals in deinem Leben einen Fehler gemacht und dir gewünscht, du könntest etwas ungeschehen machen?

Sonntag, 16. Dezember

LULU:
Meinst du, wir könnten uns im Frühling mal treffen und

über ALLES reden? Ich liebe den Englischen Garten und würde gern mal mit dir am Eisbach entlangspazieren. Oder mit dir Burger und bergeweise Pommes futtern.
ODER NOCH BESSER! Ich könnte am zweiten Weihnachtsfeiertag wirklich in München sein, weil ich dann meinen Vater besuche. (X-Mas davor verbringe ich mit meiner »Hamburger Familie«.) Es wäre also alles geregelt, auch wenn das ein großer Schritt für mich ist, weil mein Dad und ich uns gerade überhaupt nicht verstehen. Aber ich würde es tun, wenn ich dadurch die Chance bekomme, DICH ALS FREUND WIEDERZUGEWINNEN.
Was meinst du?
Weihnachten ist doch das Fest der Liebe, der Vergebung usw. usf. Bitte! Gib dir einen Ruck!

Montag, 17. Dezember

BEN:
Kann es immer noch nicht glauben. Feinkost Schäfer in der Theatinerstraße ... das ist dein Vater? Das muss wirklich eines dieser vielen »Zeichen« sein, die das Schicksal uns gibt. Denn dort waren meine Eltern früher oft einkaufen und ich war als Kleinkind meistens mit dabei. Bedeutet das vielleicht wirklich, dass wir uns DOCH schon kennen?!

LULU:
ICH PLATZE VOR GLÜCK! Ben!!!!!!! Da bist du ja wieder! DANKE! ☺

BEN:
Ja, bin wieder da, Lulu. Obwohl ein einziger »Ruck« dafür

nicht gereicht hat. Musste mich ein paar Tage lang dauerrucken, bis ich mich dazu durchringen konnte. Die Sache hat mich echt ganz schön von den Füßen gehauen. Aber dann habe ich gemerkt, dass sie nichts daran ändert, wie viel du mir bedeutest und wie sehr es mir fehlt, mit dir zu chatten.
Außerdem hat mich das, was du von deinen Eltern erzählt hast, echt mitgenommen. Du hast ja ein paar Mal erwähnt, wie viel dir deine Familie bedeutet – und dann erfahre ich, dass es diese Familie gar nicht mehr gibt. Verdammt, es tut mir leid, dass ich zuerst so blöde reagiert und alles abgebrochen habe. Mir ist erst mit einiger Verspätung klar geworden, dass du mir etwas sehr Schmerzhaftes anvertraut hast und mich jetzt danach erst recht brauchst.
Ich kann deine Situation im Moment (leider) besonders gut nachvollziehen. In den letzten Tagen sind nämlich Dinge passiert, die auch unsere Familie auseinanderbrechen lassen könnten. Meine Eltern sind mit Robby in dieses Internat gefahren, um es sich anzuschauen – und als sie zurückgekommen sind, hat mich der Schlag getroffen. Robby hat es auf Schloss Heimbach, so heißt der Laden, total gut gefallen (!) und er hat sich mehr oder weniger entschieden, dorthin zu ziehen. Ich konnte es kaum glauben. Im ersten Moment war ich supersauer auf meine Eltern, weil ich dachte, dass sie ihn mit irgendetwas unter Druck gesetzt haben. Aber so war es nicht. Es hat ihm dort ganz einfach gefallen. Robby spielt doch Rollstuhl-Basketball und dort auf dem Internat gibt es eine Liga-Mannschaft, die speziell trainiert und gefördert wird. Dazu kommt, dass in dem Internat ein paar Leute wohnen, die er von früher aus seiner Rehaklinik kennt. Ich mein, ich freue mich natürlich für ihn, aber ich bin gleichzeitig auch total traurig, dass ich ihn dann nur noch in den Ferien sehen kann. Wie soll ich

mich verhalten, Lu? Muss ich mich damit abfinden, dass mein Bruder lieber ins Internat gehen möchte, als hier zu Hause zu bleiben?

LULU:

Schön, dass ich – zumindest teilweise – dein Vertrauen wiedergewonnen habe (und du auch ein bisschen verstehst, was wegen meiner Familie mit mir los ist). Schön auch, dass du mich nach etwas fragst, das dir wichtig ist. Die Antwort darauf ist superschwierig, weil ich ja weiß, wie sehr du an deinem Bruder hängst und wie sehr er dir fehlen wird. Andererseits ist es doch wirklich toll, wenn er sich auf dieser Schule wohlfühlt und gern bleiben möchte. (Dieses Hin- und Hergeschiebe kenne ich ja mehr als gut, und ehrlich: Ich hätte liebend gern SELBST entschieden, wie die Dinge laufen sollen! Aber das nur am Rande.) Die Frage ist doch: Liebst du Robby so sehr, dass du es ihm gönnst, so zu leben, wie er gern möchte? Du kannst ihn doch bestimmt oft besuchen – oder er kommt an den WOEs nach Hause.

Du bist gar nicht darauf eingegangen, dass ich nach München kommen werde und wir uns treffen könnten. Will nicht drängeln oder so, aber ...

Und falls es dich interessiert: Ich habe mich letztes Wochenende von Marco getrennt. Er hat es doch tatsächlich gebracht, mein Handy zu kontrollieren, weil er – O-Ton – »die ganze Zeit den Verdacht hatte, dass ich nebenher noch was laufen habe«. Hammer, oder?

(Natürlich hat er NICHTS gefunden, was denn auch?) Aber diese Aktion geht echt überhaupt nicht!!!!!!!

BEN SCHUMANN hat LULU ROCKET als seine Freundin bestätigt.

LULU: Bin geschockt!

HIBISKUSBLÜTE: Was ist denn passiert, Süße? *Knuddel*

FEE39: Kann ich helfen? Soll ich trösten kommen? Denk immer dran: ALLES WIRD GUT!

ZEITREISEQUEEN: Kannst du dich bitte klar ausdrücken – bei so einem Post wird man ja irre!

NELLYROSAROT17: Müssen wir uns Sorgen machen?

LULU: Marco hat mein Handy kontrolliert, weil er eifersüchtig ist!

NELLYROSAROT17: Wieso habe ich geahnt, dass so etwas passiert? Typen! Kann man echt vergessen, ey!

FEE39: Oje, das geht ja gar nicht. Und nun? Du hast ihm hoffentlich klargemacht, was du davon hältst?!

HIBISKUSBLÜTE: ... hast du Schluss gemacht?

ZEITREISEQUEEN@HIBISKUSBLÜTE: Ich finde auch: Lulu sollte klare Grenzen setzen! Wie kam der denn überhaupt an dein Handy? Das lässt man doch nicht so einfach offen rumliegen ... hab ich dir erst letztens in der Schule gesagt!

LULU@HIBISKUSBLÜTE: Ja, hab ich. Aber nicht nur deshalb.

NELLYROSAROT17@LULU: Hab ich dir nicht vorausgesagt, dass eure Geschichte unter einem schlechten Stern steht?! Nenn mich Prophetin! (Tut mir aber trotzdem leid.)

Dienstag, 18. Dezember

BEN:

Liebe Lulu, bin platt wie 'ne Flunder (sagt man doch im Norden so, oder?). Wow, du hast dich von Marco getrennt! Das haut mich echt um. Ich meine, klar, ich kann dich natürlich total gut verstehen. Die Nummer mit dem Handy ist echt ein 100%iges NO-GO! Ich frage mich trotzdem, wie du dich jetzt fühlst. Bist du erleichtert? Trauerst du ihm nach? Glaubst du, dass ihr noch eine zweite Chance habt? Wie hat er überhaupt darauf reagiert?

LULU:

Marco war komplett überrascht und von der Rolle. Natürlich hat er verstanden, dass ich wegen der Handy-Sache sauer war, und hat sich auch mehrfach dafür entschuldigt. UND geschworen, dass er das vorher noch nie gemacht hat, weil ihm diese Dinge an sich heilig sind. Das hab ich ihm schon geglaubt, aber es ändert nichts daran, dass sich meine Gefühle für ihn ganz schön verändert haben. Das Problem ist: Ich verstehe es selbst auch nicht so ganz. Marco ist lieb, sieht toll aus, ist ein grandioser Tänzer. Wir können miteinander lachen, aber eben keine Pommes-Orgien veranstalten. Pia sagt, dass ich ihr Marco mal vorstellen soll, wenn sie mich in Hamburg besucht, weil er in ihren Augen ein absoluter Dreamboy ist. (Es fiel sogar der Begriff LUXUSPROBLEM!) Na ja, er ist ja wahrscheinlich auch ein Traumtyp, zumindest nach außen, aber eben leider nicht der richtige für mich.
Denn jeder hat doch einen anderen Traum … (Von daher, zweite Chance? Eher nicht.)
Momentan bin ich in erster Linie traurig und (Achtung!

Dein neues Lieblingswort!) verwirrt. Und ich fühle mich auch ein bisschen »schuldig«, wenn du verstehst, was ich meine. Mittlerweile glaube ich nämlich, dass ich mich deshalb so schnell auf Marco eingelassen habe (ok, ich war auch verknallt), weil ich mich in Hamburg so einsam und verlassen gefühlt habe. Ich habe mich gerade in der Anfangszeit so sehr nach Geborgenheit gesehnt und nach jemandem, der einfach DA ist. Mom ist immer noch so fertig wegen der Trennung von meinem Vater, Fynn ist noch so klein – und meine Freundinnen fehlen mir. Skypen allein reicht eben nicht.
Doch dann kamen all diese »Zeichen«, die verhindert haben, dass es zwischen Marco und mir wirklich ernst geworden ist. Und die habe ich total ernst genommen ... kein Wunder, dass er nun fertig ist. Bis auf die Handy-Sache ist ja nichts wirklich passiert, was man ihm irgendwie anlasten könnte. ICH BIN DAS PROBLEM! ICH bin diejenige, die einfach nicht weiß, was sie will. Wird schwer sein, das Thema nicht ins Balletttraining mit reinzutragen. Hab jetzt schon Bammel vor der Aufführung! Und mag mich selbst gerade irgendwie nicht. ☹

Mittwoch, 19. Dezember

BEN:
Liebe Lulu,
ich kann gut verstehen, wie du dich fühlst. Ich glaube, solche Entscheidungen haben immer einen bitteren Beigeschmack, selbst wenn man weiß, dass man das Richtige getan hat.
Übrigens finde ich es gut, dass du traurig bist (nicht falsch

verstehen, hoffe natürlich, dass es dir bald besser geht). Aber deine Gefühle zeigen, dass du die Dinge an dich heranlässt und dass sie dir etwas bedeuten! Das finde ich gut. Du hast wieder vermutet, dass die »Zeichen« bei dem Ganzen eine Rolle gespielt haben. Um ehrlich zu sein, das glaube ich auch. Darum muss ich dir etwas erzählen, was dich vielleicht sehr wundern wird. (Wollte ich eigentlich schon vorher tun, aber ich wusste nicht, wie...)
Also: Die vergangenen Tage waren auch für mich alles andere als einfach – und zwar wegen Larissa. Es fing damit an, dass wir einen superheftigen Streit hatten. So etwas ist zwar schon öfter vorgekommen, aber diesmal war es anders. Es ging um Robby. Ich habe ihr erzählt, wie schwer es mir fällt, seinen Umzug ins Internat zu akzeptieren. Daraufhin meinte sie, dass sie mich verstehen könnte und dass es immer schwer wäre, solche Veränderungen mitzumachen. Und dann sagte sie, dass ich die Sache doch auch positiv sehen könnte. Als ich wissen wollte, was sie damit meinte, sagte sie, dass Robby ja irgendwie doch auch ein Klotz am Bein wäre... Ich wusste gar nicht, was ich darauf antworten sollte, mir fehlten einfach die Worte (und das kommt bei mir sonst nie vor). Ich habe dann allerdings meinerseits noch einmal Öl ins Feuer gegossen und Larissa von dir erzählt und was du zu der Sache mit Robby gesagt hast. Und dass ich mich von dir viel besser verstanden fühle als von ihr. Larissa war daraufhin ziemlich verletzt, was ich natürlich auch verstehen kann. Es ging dann noch eine ganze Zeit so hin und her, wir haben uns gegenseitig mit Vorwürfen beworfen und schließlich ist sie einfach aus dem Haus gerannt...

LULU:

Weiß gar nicht, was ich dazu sagen soll. Wie ist es denn dazu gekommen?

BEN:

Wie gesagt, wir haben uns schon öfter gefetzt. Ziemlich heftig sogar. Larissa war immer öfter nur damit beschäftigt, mir Vorschriften zu machen oder mir zu sagen, wie ich mich verhalten soll. Als wir vor Kurzem wieder einmal in einer Bar waren (Cocktails!), hat sie mir sogar vorschreiben wollen, was ich SAGEN soll.
Bisher haben wir trotzdem immer wieder die Kurve gekriegt und uns am Ende wieder vertragen – aber diesmal nicht. Mir ist nämlich so einiges klar geworden. Zum Beispiel, dass sie von Anfang an versucht hat, jemand anderes aus mir zu machen. Das habe ich ihr an dem Abend dann auch endlich mal gesagt. Dass ich so akzeptiert werden möchte, wie ich bin. Und dass wir eigentlich nicht zusammenpassen. Weil sie eben anscheinend lieber mit jemandem zusammen wäre, der anders ist als ich … »Heißt das, du machst Schluss?«, hat sie mich gefragt. »Ja, das heißt es«, habe ich geantwortet.
Und so ist es auch wirklich, Lulu. Ich habe mich getrennt. Das mit Larissa ist vorbei.

LULU:

Kann gerade nicht antworten, wurde durch deinen Post erschlagen. ☺

BEN:

Okay, dann reanimiere ich dich hiermit. So wie in den Filmen. Defibrillator, künstliche Beatmung, Herzmassage – das volle Programm.

LULU:
Und wie ist es bei euch – denkst du, dass ihr eine zweite Chance habt?

BEN:
Nein, das glaube ich nicht. Mir geht es wie dir, Lulu. Ich bin traurig. Aber ich weiß auch, dass es die richtige Entscheidung war.

LULU:
Nach allem, was du geschrieben hast, glaube ich das auch. Mein Vater hat meiner Mutter vor der Trennung auch immer gesagt, dass sie ihn als »Gesamtpaket« akzeptieren soll, so wie er sie auch. Hab mir damals nie groß Gedanken darüber gemacht, was die beiden meinen, weil ich dachte: Lass sie streiten, aber bitte ohne mich! (Hab mich in solchen Momenten gern in mein Zimmer verzogen.) Jetzt sehe ich die Sache ein bisschen anders, weil ich versuche, sie durch deine Ben-Augen zu betrachten. (By the way: Welche Farbe haben sie?)
Und weil ich dich mag, kann ich es auch überhaupt nicht leiden, wenn irgendwer dich dauerhaft nervt. Ich finde allerdings, dass es einen Unterschied macht, ob jemand versucht, einem vorzuschreiben, was man SAGEN soll (Grauenvoll! Total inakzeptabel!), oder ob er einen darum bittet, etwas an seinem Verhalten zu ändern, wenn es dazu dient, dass man insgesamt besser klarkommt. Ich kenne das von meiner besten Freundin Pia, die auch ab und an was an mir zu meckern hat. Hat ebenfalls schon mal dazu geführt, dass eine Weile Sendepause zwischen uns war und ich mehr mit den Mädels gemacht habe, die ein bisschen entspannter drauf waren. Grundsätzlich sollte sich aber keiner verbiegen müssen. Ich sage ja immer: Leben und leben lassen.

AMEN! ☺

BEN:
Du hast recht. Man kann natürlich nicht einfach sein Ding durchziehen, wenn man mit jemandem zusammen ist. Aber bei Larissa ging es um viel mehr.
Du kannst dir bestimmt vorstellen, dass ich in den Tagen danach alles andere als gut drauf war. Aber zum Glück ist Robby ja noch da und er hat mich aufgemuntert. Er hat ziemlich feine Antennen dafür, wenn jemand mies drauf ist. Abends waren wir meistens zusammen in seinem Zimmer. Er hat rumgealbert und mich zum Lachen gebracht und meine Laune hat sich langsam wieder gebessert. Wir haben im Internet gesurft und Musik gehört. Dann habe ich Robby von dir erzählt und ihm sogar ein paar von deinen Posts vorgelesen. Er meinte, dass du total nett klingst und dass er dich gerne kennenlernen würde. Na ja und dann habe ich ihm erzählt, dass du vielleicht an Weihnachten nach München kommen würdest… (Was Robby wissen wollte: Bringst du eigentlich Paulchen mit?), und da ist mir plötzlich eingefallen, dass ich die ganze Zeit das Wichtigste vergessen habe!! Liebe Lulu, ich weiß, ich habe bis jetzt nichts dazu gesagt, darum möchte ich es hier und jetzt sofort ganz deutlich tun:
BITTE, LIEBE LULU, KOMM NACH MÜNCHEN! ICH MÖCHTE DICH TREFFEN, ICH MÖCHTE DICH IM REAL LIFE KENNENLERNEN! Und ich hoffe sehr, dass es dazu jetzt nicht zu spät ist und du dich längst umentschieden hast, der Flug ausgebucht ist oder du dich mit deinem Papa gezofft hast.

Donnerstag, 20. Dezember

LULU:
Hach, wie schön!!! Ich eile und ich … FLIEGE! Dann können wir ja jetzt die Details festlegen: Für mich wäre es nachmittags am zweiten Weihnachtsfeiertag perfekt. DANACH würde ich dann zu meinem Dad gehen (Mann, bin ICH aufgeregt!).
PS: Ganz, ganz liebe Grüße an Robby, aber das mit Paulchen klappt leider nicht. Fliegen ist nicht so sein Ding. ☺

Freitag, 21. Dezember

BEN:
Also, am zweiten Weihnachtstag. Topp! Muss meinen Eltern erst noch beibringen, dass ich an Weihnachten eine Verabredung habe. Aber keine Sorge, notfalls haue ich einfach ab!

LULU:
Und ich komme mit!

Samstag, 22. Dezember

BEN:
Hier ein Vorschlag für Zeit und Ort: Am Sonntag, 15 Uhr, am Stachus? (Werde meine Eltern einfach vor vollendete Tatsachen stellen, vorher diskutieren bringt sowieso nichts.)

Bin übrigens im totalen Shopping-Stress. Aber das ist wohl normal, wenn man erst zwei Tage vor Weihnachten damit anfängt, Geschenke einzukaufen ... Du hast deine bestimmt schon im Oktober besorgt? Oder schon im Sommer? Kann man in Hamburg überhaupt gut einkaufen?

LULU:

Stachus, mein Lieblingsbrunnen. ☺
Ich besorge meine Geschenke schon im Januar, frei nach dem Motto DER FRÜHE VOGEL FÄNGT DAS ERSTE PRÄSENT. ☺ Nein, im Ernst, das geht mir gerade ganz genauso, was allerdings nicht an der mangelnden Auswahl liegt. Hamburg ist ein echtes Shopping-Mekka, allen voran das Schanzenviertel, das ich dir gern zeigen würde, sollte es dich umgekehrt mal in den Norden verschlagen.

Sonntag, 23. Dezember

BEN:

Liebe Lulu, kann an fast nichts anderes mehr denken als an unser Treffen! (Wollen wir eigentlich ein Erkennungszeichen vereinbaren?)

LULU:

Könnte unter Umständen ganz hilfreich sein. ☺
Ich trage eine rote Strickmütze, auf die das Motiv meines Icons gestickt ist, also die pinkfarbene Rakete.

BEN:

Super! Und ich werde mir einen Basketball unter den Arm klemmen. ☺

Montag, 24. Dezember

LULU:
OMG – mir schlottern die Knie bei der Vorstellung, dass wir uns übermorgen ganz persönlich gegenüberstehen werden, obwohl wir noch nicht einmal die Stimme des anderen kennen …

BEN:
Bin auch total nervös.
Sollen wir uns eigentlich einen Notfallplan zurechtlegen? Falls wir uns sehen und sofort wissen, dass wir uns total bescheuert finden? Zum Beispiel so: Jeder hat das Recht, mit der Hand an sein rechtes Ohr zu fassen … das ist ein geheimes Zeichen und dann müssen wir einfach aneinander vorbeigehen, ohne miteinander zu reden …

LULU:
Darf es auch das linke sein? *gg* Schöne Idee!
Weißt du, wovor ich fast noch mehr Angst habe als davor, dass wir uns aus irgendeinem Grund nicht mögen (was ich mir kaum vorstellen kann!)?

BEN:
Wovor denn?

LULU:
Vermutlich habe ich zu viele Filme gesehen, in denen sich alles, aber auch alles auf SO EINE Begegnung zuspitzt, und dann passieren immer ganz fürchterlich schreckliche Dinge (Unfall, Chaos, Apokalypse etc). Wird es UNS auch so gehen? Glaube nicht, dass ich es ertragen könnte, wenn das

Date schiefläuft. Momentan hält mich fast nur die Aussicht darauf, dich kennenzulernen, aufrecht. Klingt dramatisch? Okay, ich schalte einen Gang zurück, sonst bekommst DU Angst. ☺

BEN:

Nein, ich habe keine Angst. Weil nichts schiefgehen wird! Schon gar nicht wird irgendeine Apokalypse eintreten. Und Erdbeben und Vulkane und so gibt es in München nicht – aber das weißt du ja. ☺ Darum mach dir bloß keine Sorgen… Weißt du übrigens, dass wir gestern so eine Art Jubiläum hatten (Oh Mann, an so etwas denken doch sonst nur Mädchen?!). Wir haben uns gestern vor drei Monaten zum ersten Mal gemailt…

LULU:

Und übermorgen sehen wir uns dann in ECHT, yeah!
Übrigens: Fröhliche Weihnachten! ☺

BEN:

Muss mich für heute verabschieden, weil die Stimmung hier im Haus gerade mal wieder überkocht. Ist leider an Heiligabend immer so – bevor es nett wird, müssen wir uns erst einmal streiten. Außerdem hat Robby gerade mal wieder einen seiner Heavy-Metal-Anfälle. Er hört die »Christmas Classic« von Raymund Burke, einem genialen Heavy-Metal-Gitarristen. Stell dir Jingle Bells vor – aber mit E-Gitarren und Hammerbeat. ☺ Dir einen guten Flug und natürlich Merry X-Mas!! ☺

BEN: Weihnachten ist bekanntlich das Fest der Liebe – wieso müssen sich Familien dann ausgerechnet an den Festtagen immer streiten?

NERDINATOR: Ist ein Schreibfehler in der Bibel. Muss heißen: Fest der Hiebe...

TOM BOMBADIL: Oder Fest der Diebe? Mir raubt meine Familie an Heiligabend nämlich immer den letzten Nerv.

NELLYROSAROT17: Hoffentlich steht auf eurem Wunschzettel an oberster Stelle: HIRN. Liebe und Streit sind keine Gegensätze. Solltet ihr mal drüber nachdenken.

NERDINATOR@NELLYROSAROT17: Okay. Hast du Lust, mit mir zu streiten?

NELLYROSAROT17: Nö, aber ich will ja auch nicht mit dir Weihnachten feiern.

SASCHA T-PUNKT: Weihnachten kann man sich halt nicht aus dem Weg gehen.

SMS Lulu an Ben: 26. Dezember, 15:02 UHR

Bin am Stachus inmitten der vielen Menschen, die beim Eiszauber zuschauen. Wollen wir uns nachher Schlittschuhe leihen? Stehe übrigens direkt unter der Osram-Leuchtreklame.

SMS Lulu an Ben: 15:22 UHR

Hm, irgendwas hat dich aufgehalten. Muss ich mir Sorgen machen?

SMS Lulu an Ben: 16:02 UHR

Es ist vier Uhr. Jetzt MACHE ich mir Sorgen!

Mailboxnachricht Lulu an Ben: 17:34 UHR

Mach dein Handy an, Ben, und sprich mit mir! Wo steckst du? Hast du keine Uhr? Oder – viel schlimmer – hattest du einen Unfall?

Mailboxnachricht Lulu an Ben: 17:52 UHR

Liebe Eltern von Ben,

sollten Sie das hier abhören, weil Ihr Sohn sich gerade in der Notaufnahme befindet: Melden Sie sich bitte bei mir und sagen Sie mir, wie es Ben geht. Ich setze mich jetzt ins Café und warte dort auf Ihren Anruf. Danke schön. Und nachträglich frohe Weihnachten.

Mailboxnachricht Lulu an Ben: 18:12 UHR

Es ist jetzt kurz nach 6 und ich bin mit den Nerven ziemlich am Ende. Fahre jetzt zu meinem Vater und warte dort auf Nachricht. Ich hoffe und bete wirklich, dass nichts Schlimmes passiert ist und dass es dir, Ben, gut geht.

LULU ROCKET hat ihren Namen in LULU SUBMARINE geändert.

Dienstag, 8. Januar

BEN:
Liebe Lulu,
ich sehe, dass du von einer Rakete zum U-Boot gewechselt bist. Hoffentlich bist du nicht zu tief abgetaucht und hast Gelegenheit, diese PN trotzdem zu lesen. Vorausgesetzt, du WILLST sie überhaupt noch lesen.
Ich weiß, dass ich dir eine Erklärung schuldig bin! Jetzt hat das neue Jahr schon längst begonnen, die Ferien sind vorbei. Es tut mir leid, dass ich es erst jetzt geschafft habe, mich vor den PC zu hocken und dir zu schreiben. Das hat viele Gründe, aber der entscheidende ist, dass ich mich so unendlich mies gefühlt habe! Ich habe schon ein paar Mal angefangen, dir zu schreiben, und dann doch immer wieder aufgegeben. Warum? Weil ich dachte, dass jedes Wort zu viel ist und dass man manche Dinge vielleicht erklären, aber eben nicht entschuldigen kann.
Der zweite Weihnachtsfeiertag – der Tag, an dem wir verabredet waren und uns doch nicht gesehen haben – war einer der verrücktesten Tage, die ich je erlebt habe. Ich hoffe, du hast die Geduld, wenn ich dir ausführlich davon erzähle.
Ich bin an dem Morgen ziemlich früh aufgewacht, obwohl ich sonst in den Ferien immer bis in die Puppen schlafe. Weil ich total nervös war. Dies sollte also der Tag werden, an dem ich dich endlich kennenlerne. Ich war so aufgeregt,

dass ich einfach nicht im Bett liegen bleiben konnte! Also bin ich aufgestanden, obwohl alle anderen im Haus noch am Schlafen waren. Ich habe schnell etwas gefrühstückt, bin dann wieder in mein Zimmer gegangen und habe meinen PC hochgefahren. Ich wollte viele deiner PNs noch mal lesen, die du mir in den letzten Monaten geschickt hast. Immer wieder habe ich versucht, mir vorzustellen, wie das Mädchen wohl aussehen mag, das all diese Worte geschrieben hat und die so viel von mir weiß. Das Ganze hat nicht gerade dazu geführt, dass ich ruhiger wurde. Vormittags haben wir dann noch ein großes Familienfrühstück veranstaltet, zu dem auch noch ein Onkel und eine Tante und meine beiden Cousins kamen. Die Stimmung war gut, bis ich dann eröffnet habe, dass ich am Nachmittag mit dir verabredet bin und darum nicht mit zum geplanten Spaziergang nach Schloss Nymphenburg kommen kann. Sie wollten natürlich wissen, wer das geheimnisvolle Mädchen ist, das mich an Weihnachten von meiner Familie weglockt. Ich habe dann ein paar Andeutungen gemacht, die allerdings nur dazu geführt haben, dass meine Eltern und meine Tante mich für verrückt erklärt haben (mich und dich und gleich auch noch unsere ganze Generation. Weil man im Internet doch gar nicht befreundet sein kann. Sie kapieren es einfach nicht …). Irgendwann hatten sie es dann aber akzeptiert, als sie merkten, wie wichtig mir die Sache war. Gegen Viertel nach zwei wollte ich mich auf den Weg zum Stachus machen, als es plötzlich an der Tür klingelte. Meine Mutter hat aufgemacht und rief dann nach mir: »Ben! Du hast Besuch!«
»Kann nicht, ich muss los!«
»Und ob du kannst. Es ist Larissa«, antwortete sie. Ihre Stimme klang ziemlich seltsam, und als ich nach unten kam, wusste ich auch, warum. Larissa sah hundeelend

aus, sie hatte offenbar seit Tagen nichts anderes getan, als zu heulen, und auch jetzt flossen ihr die Tränen über die Wange. Ich war völlig überrascht und stand erst mal eine Weile fassungslos vor ihr, bevor ich herausbrachte: »Larissa, was ist los? Was machst du hier? Tut mir leid, aber ich hab gerade gar keine Zeit. Ich muss leider weg.«

Sie starrte mich an, als würde ich ihr bei lebendigem Leib das Herz aus der Brust reißen. Meine Mutter trat dann neben sie, nahm Larissa in den Arm und sagte: »Komm rein, Schätzchen. Du bist ja völlig fertig mit den Nerven. Natürlich bleibt Ben hier und kümmert sich um dich. Magst du einen heißen Tee und ein Stück Kuchen?«

»Ja, das wäre nett«, sagte Larissa.

»Aber ich ...«

»Du kümmerst dich um deine Freundin«, zischte meine Mutter mir zu.

Ich habe mich dann mit Larissa auf mein Zimmer verdrückt. Sobald die Tür zu war, erklärte ich ihr, dass ich höchstens zehn Minuten Zeit für sie hätte. Sie zuckte mit den Schultern und sagte, das wäre okay. Sie müsste mir nur etwas sagen und danach könnte ich entscheiden, ob ich gehen oder bleiben wolle. Dann setzte sie sich auf mein Bett, wischte sich die Tränen aus den Augen und fing an zu reden. Sie erklärte mir, dass sie das schlimmste Weihnachtsfest aller Zeiten hinter sich hätte. Noch nie in ihrem Leben hätte sie sich so einsam und elend gefühlt. Es wäre über Weihnachten viel Zeit gewesen, über sich selbst nachzudenken, und sie hätte nun erkannt, dass sie in unserer Beziehung viele Fehler gemacht hätte – Fehler, die sie nun bereuen würde. Sie hätte wirklich zu viel an mir herumkritisiert, anstatt mich einfach so zu nehmen, wie ich bin. Dann fing sie wieder an zu weinen und meinte, dass sie sich seit dem Tag unserer Trennung schrecklich fühle.

Schließlich wäre das für sie nun schon das zweite Mal in diesem Jahr, dass sich ein Junge von ihr trennt. Sie hätte nur noch Selbstzweifel und wüsste überhaupt nicht mehr, was sie machen soll... Irgendwann hörte sie dann endlich auf zu weinen und sah mich nur noch an. Ich fühlte mich, als hätte jemand die Luft aus mir rausgelassen. Ich konnte sie in diesem Moment nicht einfach sitzen lassen und gehen! Es ging nicht! Stattdessen habe ich ihr dann auch all das gesagt, was mir in der Zeit mit ihr immer durch den Kopf gegangen ist: was ihre ständige Nörgelei bei mir ausgelöst hatte, unsere ewigen Streitereien, ihr permanentes Herumdoktern an mir. Wir fingen an zu diskutieren, über sie und mich, unsere Beziehung, über die Fehler, die wir gemacht haben. Irgendwann habe ich auf die Uhr gesehen und da war es schon fast fünf Uhr. Ich wollte runtergehen und mein Handy aus meiner Jacke holen. Aber dann dachte ich, dass es jetzt wahrscheinlich sowieso schon egal ist und du vermutlich längst weg und stinksauer bist und keine Lust hast, dir irgendeine Erklärung von einem Idioten wie mir anzuhören. Ich wollte dir auch nicht den Weihnachtsabend bei deinem Vater versauen und hab deshalb beschlossen, mich erst am nächsten Tag bei dir zu melden. Aber dann haben sich die Dinge wieder anders entwickelt, als ich dachte. Ich habe mich am nächsten Tag wieder mit Larissa getroffen und na ja, auf einmal nahmen die Dinge eine unerwartete Wendung. Wir waren uns plötzlich wieder sehr nahe, haben viel geredet und irgendwann haben sich unsere Hände berührt. Es war wie damals, als ich ganz frisch mit ihr zusammen war. Wir haben uns an den Händen gehalten und ich habe mir gewünscht, dass sie nie wieder loslassen würde. Wir waren dann noch unterwegs, sind in ein Café gegangen, haben gequatscht, viel gelacht, uns schließlich geküsst. Mir schossen dabei alle möglichen

Dinge durch den Kopf, unter anderem das, was meine Eltern mir am Tag vorher gesagt hatten: Dass das mit uns, also dir, Lulu, und mir, verrückt wäre – eine Freundschaft zwischen zwei Menschen, die sich gar nicht kennen. Und mit einem Mal kam es mir selbst total verrückt vor. Und im Vergleich zu dem, was mit Larissa ist, irgendwie ... sehr weit weg. Larissa und ich haben sicher ein paar Probleme miteinander und werden sie auch in Zukunft haben – aber immerhin weiß ich, wer sie ist, weiß, wie sie aussieht, wie sie sich anfühlt. Alles, was in den letzten Monaten zwischen uns abgegangen ist, Lulu, kam mir plötzlich total irreal vor. So verrückt, dass ich erst einmal Abstand davon brauchte. Eine Zeit lang hatte ich sogar das Gefühl, mich gar nicht mehr bei dir melden zu wollen. Aber dann wiederum fand ich, dass ich dir wenigstens eine Erklärung schuldig bin. Ich hoffe, du kannst mich verstehen.
Liebe Grüße, dein Ben

Donnerstag, 17. Januar

BEN:
Liebe Lulu,
du hast auf meine Nachricht von vorletzter Woche nicht geantwortet. Klar, hätte ich an deiner Stelle auch nicht. Vielleicht hast du sie ja auch gar nicht gelesen. Auch das könnte ich dir nicht übel nehmen (obwohl ich mir natürlich wünschen würde, dass du sie liest. Damit du mich vielleicht wenigstens ein bisschen verstehen kannst). Wollte dich aber trotzdem updaten. Vielleicht hast du mich ja noch nicht ganz aus deinem Gedächtnis gestrichen und fragst dich ab und zu, was bei mir so los ist. Mit Larissa

läuft es alles in allem ganz gut. Seit wir wieder zusammen sind, haben wir uns nicht ein einziges Mal gestritten. Das liegt vor allem daran, dass sie sich wirklich Mühe gibt, nicht an mir herumzukritteln. Und daran, dass ich eingesehen habe, dass sie in einigen Punkten recht hat. Ich habe beschlossen, ab sofort wirklich mehr für die Schule zu machen. Will versuchen, auch in den Fächern, die mir nicht so liegen (alles, was mit Zahlen zu tun hat: Physik, Chemie, Mathe), besser zu werden. Ich überlege sogar, in meinem Basketball-Verein aus der ersten Mannschaft zurückzutreten. Dann müsste ich nur noch einmal in der Woche zum Training und hätte mehr Zeit für andere Dinge. Wie findest du das? Deine Meinung wäre mir echt wichtig.
Die Rolle des Nörglers und Kritikers in meinem Leben hat jetzt übrigens Alex übernommen. Er hält mir ständig vor, dass ich nicht mehr der Alte wäre und dass man nicht mehr so viel Spaß wie früher mit mir haben könnte. Weiß nicht, vielleicht hat er sogar recht. Aber selbst wenn. Alex ist einfach ein Chaot und die Sorte Spaß, die man mit ihm haben kann, geht mir sowieso oft zu weit.
Oh Mann, jetzt habe ich schon wieder so eine ewig lange PN geschrieben, obwohl ich gar nicht weiß, ob du sie liest. Wahrscheinlich schreibe ich nur so viel, weil ich das Gefühl habe, sozusagen für dich mitschreiben zu müssen. Weil du schweigst. Weil du stocksauer bist. Vermute ich mal.
Dein Ben
PS: Hoffe, es geht dir gut.

Montag, 28. Januar

BEN:
Liebe Lulu,
du hast wieder nicht geantwortet. Ich finde es schade, aber daran bin ich auch selbst schuld. Keine Sorge übrigens, diese PN wird nicht wieder ein halber Roman. Ich denke mal, die Sache mit Larissa interessiert dich sowieso nicht, oder? Und die Tatsache, dass ich zum ersten Mal in meinem Leben eine halbwegs gute Note in Physik geschrieben habe, auch nicht? (Um ehrlich zu sein, mich interessierte es auch nicht. Hab mich gar nicht so richtig drüber gefreut. Aber L. war stolz auf mich.)
Eigentlich schreibe ich dir auch nur, weil ich in meiner letzten Nachricht etwas Wichtiges vergessen habe.
Ich habe vergessen, mich bei dir zu entschuldigen. Das möchte ich hiermit nachholen! Es tut mir leid, wie es gelaufen ist. Es war nicht ok, wie ich mich verhalten habe! Sorry! Das wollte ich dir eigentlich schon die ganze Zeit schreiben, hatte das nicht wirklich vergessen, aber irgendwie konnte ich es nicht. (L. weiß übrigens nicht, dass ich dir immer noch schreibe. Findest du, dass ich es ihr sagen müsste?)
Dein Ben

Samstag, 2. Februar

BEN:
Liebe Lulu,
darf ich dir etwas beichten? Manchmal wache ich morgens auf, vor allem am Wochenende, starre an die Decke, stun-

denlang, und denke über mein Leben nach. Alle möglichen Dinge gehen mir dann durch den Kopf, über meine Familie, wie das mit Robby im Internat werden wird… Na ja und ich muss in diesen Momenten dann auch oft an dich denken. Ich frage mich, wie es dir geht und was du so machst. Ich frage mich auch, wie es Fynn und Paulchen geht. Was mit deinen Eltern so läuft… (War übrigens ein paar Mal in dem Feinkostgeschäft in der Theatinerstraße. Weiß zwar immer noch nicht, wie du aussiehst, aber dafür, wie dein Dad aussieht. Vermute mal, er ist der große, schlanke Mann mit dem dunkelblonden Haar und der Hornbrille? Sieht nett aus!) Vorgestern habe ich mir mit L. die DVD von »Black Swan« ausgeliehen. Es war ihr Vorschlag und irgendwie war mir ziemlich komisch dabei zumute. Während wir dann den Film geguckt haben, musste ich die ganze Zeit an dich denken. L. hat gemerkt, dass ich in Gedanken ganz woanders war, dann aber wohl gedacht, dass mir der Film einfach nicht gefällt. Ich habe sie in dem Glauben gelassen. Wie geht es dir, Lulu? WIE GEHT ES DIR? Bitte antworte mir.
Dein Ben

BEN: Gibt ja dieses Sprichwort »Aus Fehlern wird man klug«. Aber was ist, wenn es keine Rolle spielt, ob man klug geworden ist oder nicht. Weil der Fehler, den man gemacht hat, einfach nicht wiedergutzumachen ist?

SASCHA T-PUNKT: Puh, das klingt ja nicht so angenehm. Was hast du gemacht? Die Schule abgefackelt? Dann mach dir keine Sorgen, denn das ist eher ein Zeichen von besonderer Intelligenz.

TOM BOMBADIL: Wenn man aus Fehlern wirklich klug würde, frage ich mich, warum manche Menschen immer wieder denselben Mist bauen? Der Spruch ist also Quatsch.

NERDINATOR: Mann, Ben, hörst du dir eigentlich selbst zu, du alte Heulsuse? Schlimm, schlimmer, am schlimmsten ... jetzt mach dir nicht in die Hose, ganz egal, was du getan hast. Stay cool.

ALEX E: Hätte nie gedacht, dass ich mal einer Meinung mit NERDI bin.

SASCHA T-PUNKT: Ich auch.

BEN: Manchmal ist es halt nicht so einfach ...

NERDINATOR: Ich sag's ja, bist 'ne Heulsuse!

TOM BOMBADIL@NERDINATOR: Und du ein Kotzbrocken. Ben ist in Trouble. Da nützen deine Stay-cool-Sprüche überhaupt nichts.

NERDINATOR@TOM BOMBADIL: Herzlich willkommen, Heulsuse Nr. 2.

Samstag, 9. Februar

BEN:
Liebes Lulu-U-Boot,
ich versuche es einfach mal kurz und knapp: Ich war ein Idiot. Ich vermisse dich. Bitte melde dich!
Dein Ben

Sonntag, 10. Februar

BEN:
Bitte, bitte, bitte!

Montag, 11. Februar

BEN:
BITTE!

Dienstag, 12. Februar

LULU:
Halbwegs klar zum (Wieder-)Auftauchen.

BEN:
Wow! Ich kann nicht glauben, dass du dich meldest! Hoffe, du tauchst bald ganz auf und bleibst nicht auf Schleichfahrt!

LULU:
Schleichfahrt?

BEN:
Hast wohl nie »Das Boot« gesehen? Nie »Crimson Tide«? Nie »Jagd auf Roter Oktober?« Schleichfahrt ist, wenn das Boot in absoluter Stille durchs Wasser gleitet, um nicht geortet werden zu können. Hoffe mal, dass du wenigstens auf Periskoptiefe bleibst. (Und bevor du fragst: Periskop ist diese Art Schnorchel zum Durchgucken!)

LULU:
Aaaaha. Würde ich nicht andauernd Filme wie »BLACK SWAN« (!!!), »Center Stage« und »Billy Elliot« schauen, hätte ich das natürlich gewusst. Und dank dir weiß ich jetzt auch, was ein Periskop ist. Man sieht, dass du in Naturwissenschaften aufholst und offenbar auch in anderer Hinsicht. Glückwunsch!

BEN:
Liebe Lulu,
bevor das untergeht ☺: Muss dir noch einmal sagen, dass es das größte Geschenk für mich ist, dass du wieder mit mir redest. Danke schön. Danke. Danke. Danke.

LULU: Es gibt Momente, da will ich vom Verstand her etwas verzeihen, weil ich weiß, dass es albern wäre, bis in alle Ewigkeit böse zu sein. Aber mein Herz ist weiterhin wütend und will nicht nachgeben. Und dann wieder ist es manchmal genau umgekehrt. Mein Verstand besteht darauf, dass ich hart bleibe. Aber mein Herz ist anderer Meinung. Es hat längst verziehen und sehnt sich nach Frieden.

HIBISKUSBLÜTE: Weiß genau, was du meinst – und das nicht nur in Bezug auf Verzeihen!

FEE39: Der Verstand macht dich klug, vielleicht auch reich, zufrieden, mächtig. Aber das Herz macht dich glücklich!

ZEITREISEQUEEN: Worum genau geht's?

NELLYROSAROT17: Mache mir schon wieder Sorgen um dich, Süße!

LULU: Nein, ihr müsst euch keine Sorgen machen. Ich weiß nur gerade einfach nicht, was ich tun soll. Es scheint alles falsch zu sein!

NELLYROSAROT17: Dann glaub an dich selbst und schau dir die Dinge mal von der anderen Seite an: Egal, wie du dich entscheidest, ES WIRD DAS RICHTIGE SEIN.

FEE39: Nelly hat recht!

HIBISKUSBLÜTE: Finde ich auch!

LULU: Vielen Dank an euch alle, ihr Süßen. Wüsste echt nicht, was ich ohne euch machen sollte!

Sonntag, 17. Februar

BEN:

Doch wieder abgetaucht? Ich hoffe nicht. Muss dir nämlich unbedingt etwas erzählen. Ich war letzte Woche mit meinen Eltern im Ballett. Es gab »Rock the Ballet« von Rasta Thomas. Als ich meinen Eltern sagte, dass ich gerne mal in eine Aufführung gehen wollte, dachten sie zuerst, ich hätte Drogen genommen. ☺ Oder ich wollte sie auf den Arm nehmen. Den wahren Grund habe ich natürlich für mich behalten. Hab dir ja erzählt, wie ihre Meinung zu unserer Freundschaft war, als ich ihnen Weihnachten davon erzählt habe. Ich konnte also schlecht sagen: Meine beste Freundin – die aus dem Internet – tanzt Ballett und ich will mir endlich mit eigenen Augen ansehen, worum es da eigentlich geht. Es hat mir richtig gut gefallen. Und ich muss zugeben, die Tänzer sind wirklich supersportlich!! Werde nie mehr das Gegenteil behaupten!

LULU:

Zufall oder Zeichen? Ich gehe nämlich nächste Woche mit meiner Mom und Nelly hier in Hamburg auch zu »Rock the Ballett« (Rasta Thomas ist DER Tanzgott überhaupt für mich). Das nehme ich jetzt mal als Inspiration für eine supertolle, neue Idee. ☺ Neugierig geworden?

PS: Bin irgendwie… beeindruckt…

PPS: Anbei der Link zu einem YouTube-Video, in dem du mich tanzen siehst. Da ich die Einzige in dem Film bin, wirst du mich erkennen. Auch ohne Raketenmütze.

BEN:
Liebe Lulu,
du wirst feststellen, dass dein YouTube-Clip seit gestern Nacht phänomenale Klickzahlen hat! Liegt an mir. Ich musste den Clip nicht nur einmal, zweimal oder dreimal sehen, sondern immer und immer wieder. Mir fällt so viel dazu ein, dass ich gar nicht weiß, wie ich anfangen soll. Vielleicht damit, dass du eine echte Tanz-Göttin bist? Dass du überhaupt toll aussiehst und mir den Atem genommen hast? Dass die Stulpen, die du trägst, eine gewagte Farbkombination haben? ☺ Ach nein, no time for jokes. Ich finde es toll, dass ich nun endlich weiß, wie du aussiehst! Übrigens habe ich mir dich genauso vorgestellt (Zeichen!?). Schicke dir jetzt einfach mal ein Foto von mir – damit wir wieder auf dem gleichen Stand sind.
PS: Wollte noch vorsichtig fragen, ob du mich nicht ein bisschen updaten kannst, was bei dir im Moment so Sache ist – familymäßig, schulmäßig, lovemäßig? Weiß gerade so gar nichts von dir... Und: Was hat es mit dieser neuen Idee auf sich??

LULU:
Glaube, du hast versehentlich ein falsches Foto geschickt. Ich sehe nämlich nur einen supersmarten (!!!) Typen ohne jedes Anzeichen von Skischanzen-Nase.

BEN:
☺
PS: Magst du nicht wirklich mal ein bisschen erzählen? Was ist so los?

LULU:
Okay, Mister Hartnäckig, dann hol dir schon mal was zu essen und zu trinken, denn DAS hier wird länger…

LULU:
…schließlich willst du ja wissen, wie es mir in den letzten eineinhalb Monaten ergangen ist, in denen ich vor allem eins war, nämlich SAUER, TRAURIG, ENTTÄUSCHT und BESORGT… Ich hab dich an Weihnachten, als ich stundenlang auf dich in der Kälte gewartet habe, abwechselnd in einem Grab, dann wieder Arm in Arm mit L. gesehen (ja, nach dem ersten Schock konnte ich eigentlich nur daran denken, schließlich kenne ich dich ja mittlerweile ein bisschen). Aber dann wieder habe ich richtig Angst gekriegt und war mir sicher, dass irgendetwas Schlimmes passiert sein muss, denn der Ben, den ich mag, wäre niemals so feige gewesen, sich so lange nicht zu melden und mich mit allem derart im Regen stehen zu lassen.
Irgendwann kam dann allerdings der Punkt, an dem ich dachte: Egal, der Typ ist so oder so für mich gestorben. Und es wird Zeit, das zu akzeptieren und mich wieder um mich selbst zu kümmern. Das war ungefähr zur gleichen Zeit, als dieser Talentscout der Hamburger Staatsoper in unserer Tanzschule auftauchte und nach einer Tänzerin für eine kleine Nebenrolle in einer neuen, tollen Ballett-Inszenierung gesucht hat. Das Video ist quasi meine »Eintrittskarte« in diese (Traum-)Welt, denn das Vortanzen hat mir die Rolle gesichert. Damit habe ich sogar Marco beeindruckt, der mir allerdings seit der Trennung so gut wie möglich aus dem Weg geht. Da er aber »Profi« ist, zieht er alles, was das Tanzen betrifft, durch, also auch unseren gemeinsamen Part in der Weihnachtsaufführung.

Im Moment sind viele Dinge in Bewegung, auch bei meiner Familie. Nachdem ich an Weihnachten total gefrustet und traurig bei meinem Vater angekommen war, hat er so toll und liebevoll reagiert, wie ich es niemals für möglich gehalten hätte. Denn in solchen Situationen hilft eigentlich nur eins: Dass man in den Arm genommen und getröstet wird. Und zwar ohne dass man sich groß erklären oder zusammenreißen muss. Hatte schon ganz vergessen, dass mein Papa so ein toller und liebevoller Tröster ist. Ich bin übrigens sehr gerührt, dass du bei ihm im Laden vorbeigeschaut hast. Ja, du hast den Richtigen gesehen, das WAR er! Ich hatte dir ja schon mal geschrieben, dass die Dinge zwischen ihm und mir echt kompliziert waren. Sie sind es immer noch, aber nicht mehr ganz so schlimm. Ich habe gelernt, dass viele Dinge zwei Seiten haben und es passieren kann, dass man manchmal jemandem Unrecht tut, weil man zu sehr in seine eigenen Gefühle verstrickt ist. Na ja, du kennst das ja auch: Familie ist nicht immer nur toll, sondern kann auch für jede Menge Stress sorgen. Merke ich gerade auch an anderer Stelle. So, was wolltest du noch wissen?
Schule? Du meinst sicher Englisch. Oh well, things are getting better, my dear. Vor allem seit meine »alte« Nachhilfelehrerin mir eröffnet hat, dass sie wegen ihrer eigenen Abi-Vorbereitungen keine Zeit mehr hat, mich zu coachen. Doch der Ersatz könnte nicht besser sein (von daher ist schon das Wort ERSATZ im Grunde falsch): Mein neuer teacher heißt Steve, studiert im ersten Semester Kommunikationswissenschaften, lebt seit 3 Jahren in Hamburg, obwohl er aus London stammt. Irgendwie macht es mehr Spaß, die Sprache zusammen mit jemandem zu lernen, der ein sogenannter Nativespeaker ist. Deine Idee mit den DVDs im Original fand er auch toll und hat mich zusätz-

lich ermuntert, mir die Texte von meinen Lieblingssongs zu übersetzen. Demnächst schmeißt er eine Party für ein paar Freunde, die auch aus England kommen, und hat mich dazu eingeladen. Cool, oder?
So, ich denke, das waren die LULU-NEWS im Großen und Ganzen.
PS: Klasse, dass es mit Larissa gut läuft. Wenn sie schon unser Date ruiniert hat... mehr kann und will ich dazu nicht schreiben, wie du bestimmt verstehst.

LULU: In love with NACHHILFE. *gg*

NELLYROSAROT17: Ist jetzt wieder alles rosarot bei dir?

HIBISKUSBLÜTE: ????

ZEITREISEQUEEN: Schön, dass du auf meinen Rat gehört hast! Man kann gar nicht früh genug anfangen, an seiner Karriere zu feilen!

NERDINATOR: Verwechselst du nicht gerade LOVE und HATE? Oder wieso turnt dich Nachhilfe an?????

NERDINATOR@ZEITREISEQUEEN: Feil dir lieber die Nägel als die Karriere!

LULU@NERDINATOR: Charmant wie immer. Aber heute kannst du mich nicht schocken, dazu bin ich viel zu gut gelaunt!

NERDINATOR: Echt? Gut gelaunt? Dann viel Spaß damit. @NELLYROSAROT17: Ist bei dir eigentlich wirklich alles rosarot?

FEE39: Hab ich was verpasst?

LULU@FEE39: Schwärme nur gerade ein bisschen von meinem neuen Nachhilfelehrer. Brush up your English, you know? *gg*

FEE39: Freut mich, wenn du happy bist, sweetheart. ♥

NELLYROSAROT17@NERDINATOR: Das ROSAROT ist pure Ironie, wenn du verstehst, was ich meine. Obwohl: In Bezug auf dich sehe ich da eher SCHWARZ!

Montag, 18. Februar

BEN:

Liebe Lulu, vielen Dank für das »Update«. Merke allerdings, dass wir unbedingt wieder regelmäßig chatten müssen. Es ist nämlich verdammt kompliziert, sich durch so einen 6-Wochen-Rückblick zu graben und zu kapieren, was alles passiert ist. Es freut mich, dass du wieder einen Draht zu deinem Vater gefunden hast! Mir ist es zwar bis jetzt zum Glück erspart geblieben, dass meine Eltern sich trennen (obwohl sie sich oft genug streiten). Aber ich habe ja durch Robbys Internatspläne einen Eindruck davon bekommen, was es heißt, wenn Familien auseinandergehen. Und bei Alex habe ich die Trennung seiner Eltern praktisch auch life miterlebt. Den hat das auch echt mitgenommen. Darum freue ich mich für dich umso mehr. Und das mit deinem Ballett-Engagement ist natürlich Great News! Du wirst bestimmt berühmt und tanzt bald auf den großen Bühnen der Welt.

In einer Sache bleibst du allerdings ziemlich unklar: Du schreibst, dass es auch noch an einer anderen Stelle in Sachen Familie stressig ist! Was ist los?

(PS: Bin sehr froh, wieder Teil deines Lebens zu sein. Darf ich das so schreiben? Oder findest du das übertrieben?)

LULU:

Wenn dir der Part des Beraters gefällt, gern. ☺

Momentan habe ich Bauchweh wegen Nelly und ihrem neuen Freund. Habe neulich herausgefunden, dass er sich regelmäßig ziemlich harte Drogen wie Ecstasy reinzieht. Nelly hat bis jetzt noch nicht mal gekifft, ist aber momentan so verknallt, dass sie überhaupt nicht weiter drüber nachdenkt. Sie glaubt, dass der Typ nur mit ihr zusammenbleibt, wenn sie da mitmacht. Dieses WOE wollen die beiden zusammen nach Amsterdam fahren. Nelly hat ihrer Mutter gesagt, dass sie zu einem Chorwochenende nach Stockholm fährt. (Sie singt in einem Pop-Chor, mit dem sie häufig auf Tour ist.) Und nun bin ich in der Zwickmühle: Einerseits gönne ich ihr den Trip mit Rick, andererseits möchte ich nicht wissen, was die beiden da treiben werden. Soviel ich weiß, werden sie bei einem Freund wohnen, der auch harte Drogen vertickt. Ich habe Angst, dass meine Cousine da in etwas reinrutscht, das sie nicht mehr kontrollieren kann. Was meinst du? Soll ich meiner Tante stecken, was Sache ist, und dabei meine Freundschaft zu Nelly aufs Spiel setzen (womöglich sogar ruinieren?) oder soll ich den Mund halten nach dem Motto »Jeder muss seine eigenen Erfahrungen machen«? Immerhin ist Nelly hier in Hamburg meine einzige »Freundin«.

BEN:

Ich war auch schon mal in einer ähnlichen Situation und wusste überhaupt nicht, was ich tun soll. Du kannst dir bestimmt denken, dass es dabei um Alex ging – schließlich ist er der geborene Troublemaker. Und »Drogen« ist auch für ihn alles andere als ein Fremdwort (Seitenspiegel-Abtreten und Ladendiebstahl genauso wenig). Vor ungefähr einem Jahr ist Alex auch mal mit einem neuen Kumpel angekommen, der aus meiner Sicht auch einfach schon zu far out war. So ähnlich klingt das mit Nelly und ihrem neuen Freund nun auch (oder zumindest mit diesem Typen in Amsterdam). Ich kann verstehen, warum du überlegst, darüber mit deiner Tante zu sprechen. Schließlich möchtest du Nelly davon abhalten, echt großen Mist zu bauen. Andererseits solltest du auch überlegen, wie Nelly reagieren wird, wenn du ihre Mutter einweihst. Könnt ja gut sein, dass sie das als Verrat ansieht. Und am Ende fährt sie dann doch mit Rick weg und erzählt dir in Zukunft einfach nichts mehr. Und das wär ja dann erst recht blöd. Darum solltest du unbedingt versuchen, erst einmal selbst mit Nelly zu sprechen. Ich finde, du kannst ihr ruhig sagen, dass du dir Sorgen um sie machst. Ihr kennt euch doch wirklich gut und ich bin mir sicher, dass ihr deine Meinung wichtig ist. Erst wenn du bei ihr nicht weiterkommst, kannst du dir überlegen, welche nächsten Schritte du unternehmen kannst… so, hoffe, das hilft dir weiter!

LULU:
Puuuhhhh, geb's nur ungern zu, aber ich bin ECHT froh, dass du nun wieder Teil meines »Lebens« bist, liebster Ben. ☺ Ich werde deinen Rat beherzigen. Und wenn sie dann trotz meiner Warnung immer noch meint, das alles tun zu müssen, dann… na ja, sie ist immerhin fast achtzehn. Und in drei Monaten kann sie eh nix und niemand mehr von irgendwas abhalten. Vielleicht kann ich sie ja doch noch überreden hierzubleiben. Ich werde versuchen, sie mit der Aussicht auf Steves Party zu locken. Ich darf nämlich jemanden mitbringen. Gefeiert wird in einem hippen Club auf dem Kiez (für dich Münchner: Das ist die REEPERBAHN!), das wird bestimmt toll!!!!!!!

Dienstag, 19. Februar

BEN:
Wow, das klingt natürlich echt szenemäßig und ziemlich cool. Ich frage mich allerdings, wie Steve dich seinen an-

deren Gästen vorstellen wird. Sagt er dann: »Dies ist meine Nachhilfeschülerin Lulu, sie tanzt Ballett, kann aber leider kein Englisch?«
Ach, vermutlich beneide ich dich einfach nur. War schon lange nicht mehr auf einer fetten Party, da die meisten Wochenenden im Moment für BB-Spiele draufgehen (bin nämlich doch in der ersten Mannschaft geblieben!).

LULU:
Püh! Er wird mich ganz sicher ANDERS vorstellen, nämlich so: Das ist Lulu, meine absolute Lieblingsschülerin, in der ich großes Potenzial sehe. Hab ich eigentlich schon erwähnt, dass er ultragut aussieht? Schließlich muss ich ja auch mal ein bisschen Glück haben. ☺ Tut mir leid, dass du so aktiv an der BB-Front sein musst, dann feiere ich eben für dich mit, okay?

BEN:
Verstehe, Englisch steht bei Steve gar nicht an erster Stelle… obwohl, hast du nicht geschrieben, dass er Student ist? Wie alt ist er eigentlich?

LULU:
Sweet twenty. ♥

BEN:
Aha, du hast dir also mal wieder einen Typen ausgesucht, der »süß« ist. Wie damals bei Marco. Hast du damit nicht schlechte Erfahrungen gemacht?

LULU:
Nein, ich habe aus meinen Fehlern gelernt. Steve ist ganz anders!

Donnerstag, 21. Februar

BEN:

Liebe Lulu, da wir endlich wieder offen und ehrlich miteinander reden, muss ich dir leider ein paar traurige Dinge sagen. Ich habe mich nämlich wegen Steve informiert. Es sieht so aus: Englische Männer trinken im Durchschnitt viel zu viel, legen keinen Wert auf Körperhygiene und haben sehr schlechte Zähne. Sie haben ziemlich grobe Umgangsformen, sind meistens humorlos (auch wenn über Engländer oft etwas anderes behauptet wird) und vor allem halten sie deutsche Mädels für Freiwild. Ich kenne Steve natürlich nicht persönlich und weiß nicht, ob das alles auch auf ihn zutrifft. Aber ich denke doch, dass du dir über die Gefahr im Klaren sein solltest. Dein (sich sorgender) Ben!

LULU:

Ich weiß ja nicht, welche englischen Männer DU kennst, aber meinst du, dass Millionen Frauen Robert Pattinson, Jude Law und Russel Brand im Kino anschmachten würden, wenn es wirklich so wäre?
Lieber Ben, mal ehrlich: Kann es sein, dass du gerade vor Eifersucht grün anläufst wie HULK?!

BEN:

Sorry, Lulu, aber ich muss dich korrigieren: Hulk läuft nicht vor Eifersucht grün an, sondern vor Zorn. Und entspricht auch in meinem Fall eher der Wahrheit. Ich mache mir halt so meine Gedanken über dich. Und sollte Steve wirklich in der Liga von Jude Law und Russel Brand mitspielen, dann würde ich mich vielleicht sogar für dich freuen. Vielleicht.

Aber mal ehrlich, der Typ ist kein Hollywood-Star, sondern Nachhilfelehrer!

LULU:

Danke für DEINE Nachhilfe in Sachen Comicfigur-Psychogramm. Frage mich gerade, warum du dich überhaupt so viel mit Steve beschäftigst, wenn du doch gerade mit Goddess Larissa so glücklich bist. Bin jetzt off, gehe shoppen. A beautiful dress für die Party, you know?

BEN:

Typisch Mädchen, wenn sie sich in die Ecke gedrängt fühlen, gehen sie erst einmal shoppen. Aber vielleicht hilft's ja... Von daher wünsche ich dir viel Spaß beim Geldausgeben. Schickst du mir ein Foto von dir in deinem neuen Partykleid?

BEN: Auf der nächsten Party werdet ihr mich daran erkennen, dass ich NICHT gestylt bin.

SASCHA T-PUNKT: Daran erkennen wir dich doch immer.

NERDINATOR: Wir werden uns zum Verwechseln ähnlich sehen.

NADINE CAT: Was hast du gegen Styling? Ist doch völlig normal, dass man sich für eine Party ein bisschen chic macht!

TOM BOMBADIL: Find ich auch. Stylen ist cool, Haare, Klamotten ... Außerdem komme ich dabei schon vorher in Partystimmung.

NERDINATOR: Ich glühe lieber vor, um in Partystimmung zu kommen.

NADINE CAT@NERDINATOR: Ich glaube, du bist schon längst VERglüht.

NERDINATOR: Darum muss ich auch immer mal nachtanken. Mit Glühwein! ☺

Sonntag, 24. Februar

BEN:

Liebe Lulu, hab noch gar nichts von dir gehört, obwohl doch gestern die Party mit Steve war. Hat Mr Nachhilfe dich nach England entführt, wo du jetzt in einem Castle lebst und Afternoon-Tee trinkst? Oder ist es eher ein runtergekommenes Reihenhaus in Nord-London, mit Assi-Nachbarn und penetrantem Fish-and-Chips-Geruch in den Wänden?

Aber im Ernst, wie geht es dir? Hoffe auf das nächste Update! Und dass du mir meine Sticheleien wegen Steve nicht übel nimmst. Du hattest nämlich recht mit deiner Hulk-Vermutung. Ich bin wirklich eifersüchtig, fühle mich dabei aber so gar nicht Superhelden-mäßig.

LULU:

Lieber Ben,

hier also das UPDATE: Mein Kleid war toll, die Party auch und Steves Freunde ebenfalls. Nelly war leider nicht dabei, weil sie trotz unseres Gesprächs nach Amsterdam gefahren ist. Aber weißt du, WER dabei war? *Lufthol*!

DU.

Ja, Ben, du warst tatsächlich mit dabei. So wie schon die ganzen letzten Wochen und Monate. Ben Schumann, an den ich (leider viel zu viel) denke, den ich fühle, obwohl wir uns noch nie persönlich begegnet sind. Ben, der mein erster Gedanke ist, wenn ich morgens aufwache, während Paulchen mich mit seiner feuchten Hundenase anstupst – und mein letzter Gedanke, bevor ich einschlafe. (ACHTUNG! KITSCHALARM!) Keine Ahnung, wie du es geschafft hast, dich derart in mein Leben und in mein Herz

zu schmuggeln. Natürlich hätten sich diese Gefühle ändern müssen, als du mich in München versetzt hast (und das haben sie auch für einige Zeit), aber ich merke gerade jetzt, dass ich scheinbar totally Ben-addicted bin. Weißt du, was ich gemacht habe, als Steve auf der Party versucht hat, mich zu küssen?
Ich bin nach Hause gegangen.
Und ich habe beschlossen, ehrlich zu dir zu sein und dir endlich zu schreiben, was ich empfinde: Ich habe mich in dich verliebt!
Wenn du JETZT nach Timbuktu auswanderst oder mich reif für die Klapse hältst, kann ich das sogar ein bisschen verstehen... Aber insgeheim wünsche ich mir, dass es anders ist.
Deine Luca-Luisa

Montag, 25. Februar

BEN:
Liebe Luca-Luisa!
Stotter. Zitter. Glüh. Herzpoch. Lächel. Lach. Strahl-über-das-ganze-Gesicht.
(Und wenn du dich jetzt fragst, ob ich nicht mehr richtig sprechen oder schreiben kann, dann lautet die Antwort: Ja, genau. Du hast mir echt die Sprache verschlagen. Aber so was von! Darum hat es leider, leider einen Tag und eine Nacht gedauert, bis ich dir antworten konnte.
Seit ich deine Nachricht gelesen habe, fühlt sich mein Kopf an wie eine viel befahrene Autobahn zur Rushhour – nee, quatsch, blödes Bild, oder? Also, was ich eigentlich sagen will, ist: Mir gehen so unendlich viele Dinge durch den

Kopf (und durchs Herz), dass ich gar nicht weiß, womit ich anfangen soll.
Vielleicht einfach mit dem Wichtigsten: Seit Wochen, nein, seit Monaten wünsche ich mir nichts mehr, als genau diese Worte von dir zu hören – auch wenn ich nicht wirklich gewagt habe, darauf zu hoffen. Der Grund dafür ist ganz einfach: Mir geht es genau wie dir. Ich wache morgens auf, ich frühstücke, bin in der Schule, treffe mich mit Freunden, esse zu Abend, gehe ins Bett – und während der ganzen Zeit bist nur du in meinem Kopf. Am liebsten würde ich alle zehn Minuten online gehen und mein Account checken, um nachzusehen, ob ich eine Nachricht von dir bekommen habe. Einfach, weil du zum wichtigsten Menschen in meinem Leben geworden bist. Weil ich mich auch verliebt habe, in dich! Ich wollte dir das auch schon längst sagen, habe mich aber nicht getraut. Zuerst nicht, weil ich mir sicher war, dass du mich für verrückt halten würdest – so wie alle anderen, denen ich davon erzählt habe (so viele waren es nicht, eigentlich nur Alex). Aber alle anderen hätten mich bestimmt auch für durchgeknallt gehalten. Wie kann man sich in ein Mädchen verlieben, das man noch nie gesehen hat, mit dem man noch nie gesprochen hat, von dem man nicht einmal weiß, wie es aussieht oder wie seine Stimme klingt?!
Aber ich bin der lebende Beweis: Es geht. Es geht sogar sehr gut. Und die Gefühle dabei sind ganz eindeutig!
Aber dann kam Weihnachten und die Tatsache, dass ich dich so blöd versetzt habe. Danach habe ich nicht mehr geglaubt, überhaupt wieder von dir zu hören. Als wir dann doch wieder Kontakt hatten, schöpfte ich zwar ein bisschen Hoffnung – aber dann hast du nur von diesem Steve erzählt. Wie ich dir geschrieben habe, war ich zu dem Zeitpunkt wirklich unheimlich eifersüchtig. Und nicht nur das,

ich war auch wütend und hilflos und traurig. Ich hatte Angst, dich nun endgültig zu verlieren, wusste aber nicht, was ich tun kann, um es zu verhindern. Aber dann hast du mich gestern mit deinen Worten erlöst... Von daher, mache dir bitte keine Sorgen. Ich würde nie nach Timbuktu auswandern, oder wenn, dann nur mit dir. Und wenn jemand auf die Idee kommen sollte, dich in die Klapse zu stecken, dann würde ich darauf bestehen, ebenfalls eingeliefert zu werden... Weil ich es nie wieder erleben möchte, dass wir nicht miteinander sprechen, uns nicht mehr alles erzählen, nicht in irgendeiner Form beieinander sind. Du hast mich nach langer, langer Zeit wieder zu einem lachenden, strahlenden, zufriedenen Menschen gemacht!
Dein Ben!

LULU:
WOW!
WOW!
Und noch mal WOW!
Aber: Was sagt Larissa zu alldem?

BEN:
Ich weiß nicht, was Larissa dazu sagt. Oder zu irgendetwas anderem. Weil ich schon länger nicht mehr mit ihr gesprochen habe. Ich wollte dir das eigentlich schon längst erzählen, hab mich aber nicht so richtig getraut, weil ich mir nicht sicher war, wie du das alles deuten würdest. Jedenfalls spielt Larissa in meinem Leben keine Rolle mehr. Als ich mich im Januar bei dir gemeldet habe, dachte ich noch, dass mein »Neubeginn« mit ihr wirklich funktionieren könnte. Der Schock über unsere Trennung hat uns beide ein wenig aufgerüttelt und wir waren wohl wirklich fest entschlossen, ab sofort einige Dinge anders zu ma-

chen. Aber schnell war klar, dass sie so ist, wie sie ist, und ich so bin, wie ich bin. Man kann sich nicht mal eben um 180 Grad drehen, seine alten Gewohnheiten ablegen oder so tun, als wäre man jemand ganz anderes. Darum hat es gar nicht so lange gedauert, bis wir wieder genau an dem gleichen Punkt waren wie vorher und über die gleichen Dinge gestritten haben. Larissa hat andauernd herumkritisiert, an meinen Schulnoten, meinen Freunden, meiner viel zu lockeren Art usw. Na ja, und um ehrlich zu sein, ist sie mir auch immer mehr mit ihrem Ehrgeiz und übertriebenen Korrektheit auf die Nerven gegangen. Das Entscheidende aber war, dass ich einfach nicht mit ihr lachen konnte… anders als mit DIR. Und überhaupt DU. Ja, du hast wirklich die wichtigste Rolle bei der ganzen Sache gespielt. Weil mir irgendwann klar geworden ist, dass ich Larissa immer öfter mit dir verglichen habe – bei den Dingen, die sie sagte oder machte, ihre ganze Art. Wenn ich etwas erlebt habe, wollte ich es als Erstes DIR erzählen (und nicht Larissa). Und irgendwann ist mir klar geworden, dass die Beziehung zu Larissa längst nur noch eine Fassade ist. Ich habe mich mies gefühlt, weil ich gemerkt habe, dass ich mich nach etwas anderem sehne. Aber auch weil ich das Gefühl hatte, Larissa mit meinem Verhalten auf irgendeine Art Unrecht zu tun. Sie hatte nie wirklich eine Chance bei mir, weil meine Gedanken immer bei dir waren, Lulu. Aber als ich Larissa schließlich alles gebeichtet habe, war sie überhaupt nicht böse. Sie meinte, dass sie längst gespürt hätte, dass jemand anderes mein Herz besetzt hat. Und wenn sie ehrlich wäre, wäre es bei ihr genauso, denn sie sei noch immer nicht über die Sache mit Konstantin hinweg. Wir haben uns also friedlich voneinander getrennt, gehen uns seitdem aber aus dem Weg.

LULU:

OMG – wenn du mich suchst, es hat mich gerade vom Stuhl gehauen und ich liege jetzt irgendwo … mein Herz rast, mein Puls überschlägt sich (geht das überhaupt, lieber Dr.-House-Experte?), meine Wangen dürften die Farbe von KIRSCHTOMATEN haben. Kann kaum schreiben, denn ich zittere am ganzen Körper. Glaubst du mir (oder klingt das nur einschleimend?!), wenn ich dir jetzt gestehe, dass der EIGENTLICHE Trennungsgrund von Marco auch ein gewisser jemand war? Dieser jemand hat mich innerlich und äußerlich zum Strahlen und Leuchten gebracht, immer dann, wenn ich von ihm lese! Marco hat mich für komplett verrückt erklärt, als ich ihm gestanden habe, wie viel Zeit ich im Netz mit dir verbringe und wie wichtig du mir bist. Zum Schluss hat er es doch tatsächlich gebracht zu sagen: »Dann werd eben glücklich mit deinem basketballspielenden Junkfood-Junkie! Esst gemeinsam Pommes und Burger, bis ihr platzt.«

Und weißt du, was?

Genau DAS habe ich getan, nachdem er weg war.

Ich habe die größte Junkfood-Orgie aller Zeiten hingelegt und mir dabei gewünscht, Robby und dich an meiner Seite zu haben. Magst du eigentlich lieber Ketchup oder Mayo? Oder bist du der klassische Rot-Weiß-Typ?

Es gibt SOOOOO VIEL, was ich noch von dir wissen will!

BEN:

Geht mir genauso! Ich habe tausend Fragen an dich und möchte dir auch so vieles von mir erzählen. Um also schon mal einen Anfang zu machen: Ich bin zu 100 % der Rot-Weiß-Typ. Wobei es nicht immer Ketchup sein muss, sondern gern auch mal ein Hot-Salsa-Dip (sowohl mit Pommes als auch mit Nacho-Chips)!

LULU:
Nachos, yummy!
Und jetzt kommt das ALLERALLERGRÖSSTE:
Ich werde dich das alles in drei Wochen PERSÖNLICH fragen können.

BEN:
Wieso? Willst du in drei Wochen mit mir TELEFONIEREN???

LULU:
Ähm, nee... ich dachte mehr an so ein REALES Treffen. Weil ich wieder nach München komme. Überraschung! Toll, oder? Diesmal werden wir uns wirklich treffen.

Dienstag, 26. Februar

BEN:
Sorry, musste gestern off gehen. Dass du nach München kommst, ist ja super... freue mich riesig für dich, dass du deinen Dad wiedersiehst. Mit unserem Treffen wird's aber leider nicht klappen. ☹ Ich bin in drei Wochen nämlich gar nicht in München!! Oh Mann, das ist echt schade!

LULU:
Huch? Echt? Also... na ja... und das kannst du nicht irgendwie... verschieben oder so?

BEN:
Nee, leider nicht. Ist ein echt wichtiger Termin von der Schule aus. Klassenausflug. Da kann ich nicht fehlen, wür-

de mir sonst riesigen Ärger einhandeln und den kann ich mir gerade echt nicht erlauben. (Bin echt traurig, dass unser Treffen wieder nicht klappen wird.)

LULU:
Hm ... tja ... das ist wirklich schade! Hatte mich so drauf gefreut, es dir zu sagen und dich mit der Nachricht zu überraschen.
Freust du dich denn, wenn ich dir jetzt erzähle, dass ich in drei Wochen komme, aber nicht, um danach wieder abzureisen – sondern um zu BLEIBEN. FÜR IMMER! Es ist nämlich so: Meine Eltern haben seit einiger Zeit wieder Kontakt und haben beschlossen, es nun doch wieder miteinander zu versuchen. Sie hoffen, ihre Probleme mithilfe eines Paartherapeuten in den Griff zu bekommen, und mein Bauchgefühl sagt mir, dass es klappen wird. Natürlich wird es nicht so leicht, jetzt schon wieder von vorne anzufangen, aber mit der Aussicht, dann in ECHT mit dir zusammen sein zu können, ist alles andere egal.

BEN:
Ich glaub, ich kapier's gerade noch nicht so richtig. Deine Eltern machen eine Therapie ... Und das soll heißen, ihr, also du, zieht wieder nach München?

LULU:
Genau DAS wollte ich damit sagen, ja. ☺

Donnerstag, 28. Februar

LULU:
Hallo Ben, alles klar bei dir? Du brauchst mir keine Wohnung in München zu suchen oder so, falls das gerade deine Sorgen sind. ☺

Freitag, 1. März

LULU:
Ben? Ist dein Computer abgestürzt?
Oder du, weil du meinen Umzug nach München so heftig gefeiert hast? Hm, meld dich doch mal, fühle mich sonst blöd. ☹

Montag, 4. März

LULU:
Hallihallo! Hab gerade die Großoffensive gestartet und es auf deinem Handy probiert. Bekomme aber ständig nur deine Mailbox dran. Hab noch nicht draufgesprochen, weil ich vermute, dass dein Akku alle ist. Oder dein Telefon ist kaputt. Denn du hättest sonst ja gesehen, dass ich es schon zehnmal oder so bei dir versucht habe...

Mittwoch, 6. März

LULU:
Bin jetzt langsam wieder an dem Punkt, dass ich mir Sorgen mache. Ist was mit dir? Oder mit Robby? Deinen Eltern?
Ganz egal was es ist, versuch doch bitte, bitte, dich bei mir zu melden. Auch wenn es nur ein kurzes Signal ist. Dann weiß ich wenigstens, dass du noch lebst.

Freitag, 8. März

LULU:
Lieber Ben, mach mir jetzt wirklich Gedanken. Um ehrlich zu sein: Es sind weniger Gedanken als ZWEIFEL. Hat die Tatsache, dass du plötzlich verschwunden bist, mit meinem Umzug nach München zu tun? Hat etwa LARISSA wieder ihre Finger im Spiel? Hast du nun festgestellt, dass all die Differenzen, die ihr hattet, wieder mal nur Peanuts sind? Oder hat sie dir den Himmel auf Erden versprochen? Einen Platz in der NBA (weil ihr Daddy Kontakte dahin hat)? Hat sie dich womöglich aus Eifersucht auf mich betäubt und an einen geheimen Ort verschleppt, wo keiner dich findet ... bitte hilf mir aus diesem Gedankenkarussell, denn es macht mich WAHNSINNIG!

Samstag, 9. März

LULU:

Mir ist gerade eine ganz andere – noch grausamere – Idee gekommen: Bist du am Ende derjenige, der hier ein Fake ist? So wie Alex es damals von mir geglaubt hat? Hast du dich die ganze Zeit nur über mich lustig gemacht? Zusammen mit Alex? Obwohl: DEN gibt's ja vielleicht auch nicht wirklich.

Sonntag, 10. März

LULU:

Vielleicht hast du mir ein falsches Foto geschickt und du bist mindestens dreißig Jahre alt und VERHEIRATET? Hast du versucht, eine langweilige Ehe durch den Chat mit einer naiven 16-Jährigen aufzupeppen?

Mittwoch, 13. März

LULU:

ACHTUNG! ACHTUNG! Dies ist ein ULTIMATUM!

Wenn du dich nicht innerhalb von drei Tagen mit einer halbwegs plausiblen Erklärung bei mir meldest, ist es endgültig aus mit uns beiden. Hast du nicht selbst mal geschrieben, dass wir uns nicht mehr anlügen sollen?! Ich will die Wahrheit, auch wenn sie verletzend ist. Ich ziehe in

genau drei Tagen um und wüsste gern, ob es in München einen Ben für mich gibt oder eben nicht …
Erinnerst du dich noch an diesen Satz?
»Weil ich es NIE WIEDER erleben möchte, dass wir nicht miteinander sprechen, uns nicht mehr alles erzählen, nicht in irgendeiner Form beieinander sind.«
Der stammt von dir!
Von DEM Ben, in den ich mich online verliebt habe.
Bitte sei ehrlich – und bitte melde dich endlich, sonst wirst du genau das erleben, was du angeblich so fürchtest.
Dies ist nämlich meine ALLERLETZTE Nachricht an dich!
Luca-Luisa

BEN: Seit Jahrhunderten bemühen sich die Leute darum, Katastrophen möglichst genau vorherzusagen – Stürme, Erdbeben, Vulkanausbrüche. Dabei könnten sie sich das genauso gut auch sparen. Katastrophen haben es nämlich nun einmal an sich, dass man sie nicht vorhersagen kann – sonst wären sie nämlich keine.

SASCHA T-PUNKT: Blödsinn. Meine Eltern zum Beispiel sind die reinste Katastrophe. Trotzdem kann ich genau vorhersagen, wann sie das nächste Mal explodieren (nur weil ich angeblich irgendeinen Mist gemacht habe).

NADINE CAT: Lieber Ben, das klingt so, als wenn du ziemlich tief in der Sch... steckst. Hast du deinen Optimismus verloren? Was ist los?

NERDINATOR: Klar kann man Katastrophen vorhersagen – man kann sie bloß nicht verhindern.

TOM BOMBADIL: Klingt so, als hättest du selber eine Katastrophe verursacht, Alter. Stimmt's oder hab ich recht?

Sonntag, 17. März

BEN:

Liebe Lulu,

ich bin mir (fast) sicher, dass dies die letzte Nachricht ist, die du von mir lesen wirst – einfach deshalb, weil du hiernach nie wieder etwas mit mir zu tun haben werden willst. Garantiert. Eigentlich wollte ich mich gar nicht mehr melden, wollte einfach abtauchen und zu so etwas wie »Ben Submarine« werden. Ich dachte, dass es das Beste für uns beide ist. Dann hätten wir wenigstens die Erinnerung aneinander behalten – die Erinnerung an eine tolle Zeit und eine ungewöhnliche Liebe, von der wir vermutlich niemals jemandem hätten erzählen können (weil die anderen doch nur über uns gelacht hätten).

Aber nun hast du mir so oft geschrieben in den letzten zwei Wochen, hast gefragt, gefleht und sogar gedroht. Darum habe ich beschlossen, mich eben doch noch mal bei dir zu melden. Ich denke – nein, ich befürchte –, dass du ein Recht auf die Wahrheit hast. Auch wenn sie dazu führen wird, dass du mich nicht länger lieben, sondern vermutlich hassen wirst. Darum möchte ich dich, bevor ich erkläre, was Sache ist, noch einmal fragen: Möchtest du wirklich wissen, was los ist? Oder wollen wir nicht einfach beschließen, uns nie wieder zu schreiben und die Erinnerung an unsere wunderbare Zeit so zu bewahren, wie sie bis vor Kurzem war?

LULU:

Wie ich bereits geschrieben habe: Ich will die WAHRHEIT! Und ich werde sie verkraften. Denn wenn du schreibst, dass wir uns sowieso NIEMALS sehen können, dann ist es doch eh schon fast egal…

BEN:

Ok, dann soll es so sein. Eigentlich ist die Wahrheit ganz einfach (und gleichzeitig auch hoch kompliziert). Es ist so. Ich, Ben Schumann, bin ein Fake. Ich heiße zwar wirklich Ben, ich lebe wirklich in München, bin wirklich 17 Jahre alt – aber ich habe dich trotzdem von Anfang an belogen, über so gut wie alles.

Denn eigentlich bin ich eben doch nicht Ben. Sondern Robby. Alles, was ich dir über meinen Bruder erzählt habe, das gilt eigentlich für mich. ICH sitze seit fast drei Jahren im Rollstuhl, ICH hatte damals einen schlimmen Sportunfall, ICH bin derjenige, der tagelang schlecht gelaunt in seinem Zimmer hockt (was anderes kann ich sowieso nicht) und in ohrenbetäubender Lautstärke Heavy-Metal-Musik hört... aber ich habe es einfach nicht geschafft, dir das zu sagen. Weil ich die ganze Zeit Angst hatte, dass es dann sofort wieder mit uns vorbei gewesen wäre. Vielleicht verstehst du das Ganze etwas besser, wenn ich es dir als eine Geschichte erzähle: Stell dir einen Jungen vor, der seit fast drei Jahren an den Rollstuhl gefesselt ist. Und dann, eines Tages, bekommt er ganz überraschend eine seltsame Nachricht von einem Mädchen, das auf der Suche nach jemand ganz anderem ist... So seltsam das klingen mag, aber schon bei den ersten Worten, die das fremde Mädchen geschrieben hat (»Bist du zufällig Ben, der beste Freund von Marco?«), hat der Junge im Rollstuhl gespürt, dass diese Anfrage etwas ist, das sein Leben verändern wird. Und es ist dann auch wirklich so gewesen. Der Junge merkte es zum Beispiel daran, dass er bisher nicht abergläubisch gewesen war und erst recht nicht an »Zeichen« geglaubt hatte. Aber an dem Tag, an dem er das Mädchen aus dem Internet kennenlernte, veränderte sich seine Einstellung. Er wusste plötzlich, dass dieses Zusammentreffen in den un-

endlichen Weiten des Internets kein Zufall war. Die ersten Chats waren für ihn wie ein kostbares Geschenk, eine Art Geschenk, mit dem er nie gerechnet hätte. Auf einmal war sie ein Teil seines Lebens, diese Unbekannte, auf einmal hatte er jemanden, mit dem er sich über alles austauschen konnte. Ihr konnte er Dinge erzählen, die sonst niemand von ihm wusste. Er hatte noch nie in seinem Leben zu jemandem so viel Vertrauen gehabt. Der Junge im Rollstuhl wollte das alles einfach nicht mehr hergeben, wollte sie nicht verlieren. Zwar wollte er sie auch nicht belügen, zumindest nicht mit Absicht. Anfangs war es nicht so schwer. Er verschwieg ihr einfach ein paar Details aus seinem Leben. Aber irgendwann wurde dieses Schweigen zur Lüge und es gab irgendwie keinen Ausweg mehr.
Ja, Lulu, so war es wirklich. Ich hatte den Zeitpunkt für die Wahrheit verpasst. Das merkte ich spätestens in den Wochen, als es auf Weihnachten zuging und wir beschlossen hatten, uns zu treffen. Ich konnte es nicht, Lulu. Ich konnte dich nicht treffen. Weil ich deine Blicke nicht ertragen hätte. Der starrende Blick auf mich im Rollstuhl.

LULU:
Puh, das muss ich jetzt erst einmal alles sacken lassen ... Das ist ... also das ist echt der Hammer! Ich kann das alles gar nicht glauben!
Es lag also gar nicht an Larissa, dass du mich in München versetzt hast, sondern daran, dass du dich ... geschämt hast?! War sie also gar nicht bei dir? Hast du diese ganze Geschichte auch nur erfunden? Vielleicht sogar Larissa selbst???

BEN:
Larissa ... wie soll ich dir das erklären? Eine Lüge ist wie ein

Unkraut, das immer weiterwuchert, wenn es erst einmal da ist. In Wahrheit gibt es keine Larissa in meinem Leben – das heißt, es gibt sie schon, aber sie ist nicht meine Freundin, sondern die von Robby, meinem jüngeren Bruder (der vollkommen gesund ist). Das meiste von dem, was ich dir über Larissa geschrieben habe, stimmt wirklich – nur dass es dabei nicht um meine Beziehung ging, sondern um die von meinem Bruder. Ich selbst kann Larissa eigentlich nicht besonders gut leiden und ich könnte mich erst recht niemals in sie verlieben (weil sie wirklich eine Streberin ist). Und weil sie zu der Art von Leuten gehört, die so einen seltsamen Gesichtsausdruck bekommen, wenn sie mich sehen. Es ist eine Mischung aus Mitleid und Abscheu, aus Betroffenheit und vielleicht sogar Neugier (weil sie wissen wollen, wie es so ist, in einem Rollstuhl zu sitzen). Man sieht es den Leuten an, was sie denken. Und man sieht es den Mädchen an, dass sie es nie für möglich halten würden, sich in einen Jungen wie mich zu verlieben.

Liebe Lulu, vielleicht verstehst du jetzt, wie es zu dieser ganzen Sache gekommen ist.

Als wir begonnen haben, über Jungs und Mädchen zu sprechen, da wollte ich endlich einmal nicht der Loser sein, nicht der arme, tapfere Kerl im Rollstuhl, der doch niemals eine Chance bei Mädchen hat. Ich wollte, dass alles so ist wie früher, vor meinem Unfall, als ich selbstbewusst und beliebt war. Damals hatte ich eine Freundin und ich habe sie sehr, sehr gerne gemocht – Sofia. Was ich dir von ihr geschrieben habe, war nicht gelogen (nur dass wir »es« getan haben, das stimmt nicht, wir waren damals erst vierzehn. Ich bin also auch eine Meerjungfrau ☺). Ein paar Monate nach meinem Unfall war es mit Sofia vorbei – wobei das, wie ich heute weiß, gar nicht an meinem Unfall lag oder am Rollstuhl. Sondern an mir, an dem, was dieser Schicksalsschlag aus mir gemacht hat. Eigentlich hat Sofia nämlich nach dem Unfall zu mir gehalten, sie war wirklich toll. Sie hat mich fast jeden Tag im Krankenhaus besucht und später auch in der Rehaklinik. Aber was hab ich gemacht? Ich war total bescheuert zu ihr, abweisend, richtig arschig. Damals, in dieser Situation, habe ich ihre Zuneigung einfach nicht ertragen. Ich habe mich selbst nicht ertragen – und darum auch niemanden in meiner Nähe. Du musst es dir so vorstellen: Ich habe nach meinem Unfall fast zwei Wochen im Koma gelegen, und als ich aufgewacht bin, wusste ich wegen einer schweren Gehirnerschütterung gar nichts mehr. Nach und nach kamen die Erinnerungen zurück. Was aber nicht wiederkam, war das Gefühl in meinen Beinen. Und so wird es auch immer bleiben, da meine Nerven in der Lendenwirbelsäule durchtrennt sind. Nachdem mir klar geworden war, dass ich nie wieder würde laufen können, bin ich in ein tiefes Loch gefallen. Ich habe mein Leben gehasst, ich habe mich selbst gehasst – und ich war Sofia gegenüber sehr ungerecht. Sie war so tapfer, aber ich habe ihr unterstellt, nur aus Mitleid noch mit mir zusammen zu sein. Ich war gemein zu ihr und hab mit ihr Schluss gemacht. Damals habe ich überhaupt viele meiner Freunde verloren und bei den meisten von ihnen war es ganz allein meine Schuld. Danach habe ich lange gebraucht, um zu verstehen, dass das, was der Unfall IN mir angerichtet hat, viel schlimmer war als das, was mit meinem Körper passiert ist. Ungefähr ein Dreivierteljahr nach dem Unfall habe ich eine Therapie angefangen bei einem Therapeuten, der selbst im Rollstuhl sitzt. Er heißt Dr. Rosenbaum und ist ein toller Mann, den ich sehr bewundere und den ich auch heute noch ab und zu besuche. (Jetzt bin ich allerdings schon eine sehr lange Zeit nicht mehr bei ihm gewesen, weil ich ihm sonst mit Sicherheit

von dir erzählt hätte. Und er hätte mir sofort gesagt, dass ich dich nicht anlügen darf.) Die Gespräche mit Dr. Rosenbaum waren im wahrsten Sinne des Wortes ein Lichtblick in meinem Leben. Es kam mir so vor, als würde er mir dabei helfen, die Vorhänge in einem dunklen Zimmer zur Seite zu schieben, in dem ich gefangen gehalten wurde. Er hat es möglich gemacht, dass ich nach langer Zeit wieder dazu in der Lage war, durchs Fenster nach draußen zu blicken. Er hat mir geholfen, die Dinge zu akzeptieren, und mich ermutigt, nicht nur rauszuSEHEN, sondern wirklich auch wieder rauszuGEHEN – auch wenn das jetzt nur noch im Rollstuhl geht. Ich habe dann wieder angefangen, Basketball zu spielen, in einer Rollimannschaft. Was ich dir über den Sport geschrieben habe, ist also nicht gelogen. Ich trainiere wirklich zweimal in der Woche und bin mit Leib und Seele ein begeisterter Player… Jetzt, wo ich dir das alles erzähle, fällt es mir viel leichter, als ich zuvor gedacht hatte. Ich frage mich, wieso ich es nicht schon viel früher getan habe. Aber so ist es wohl im Leben, oft hat man große Angst vor Dingen, und wenn es so weit ist, sind sie gar nicht so schlimm.
Es gibt immer noch tausend Sachen, die ich dir gerne sagen würde, liebe Lulu. Aber ich weiß, dass ich dazu keine Gelegenheit mehr haben werde. Ich weiß, dass diese Lüge zu groß war, als dass du sie mir verzeihen könntest.
Darum möchte ich dir nur noch eins sagen, bevor wir uns trennen: Ich bin dir sehr dankbar für die Zeit, die ich mit dir verbringen durfte. Du bist das erste Mädchen nach dieser schlimmen Zeit, zu dem ich wieder Vertrauen fassen konnte und in das ich mich vollen Herzens verliebt habe. Es wird vermutlich lange dauern, bis mir das wieder gelingt. Aber ich weiß jetzt, dass es möglich ist. Wenn du in diesem Augenblick wirklich vor mir stündest, würde ich

dich jetzt küssen. So gebe ich dir diesen Kuss nur in Gedanken und hoffe, dass du ihn spüren kannst.
Dein Ben (der dich den Rest seines Lebens vermissen wird)

BEN: Kennt ihr das Gefühl, wenn ihr etwas sehr Kostbares im Leben verloren habt? Und es keine Möglichkeit gibt, es wiederzubekommen?

NADINE CAT: Ich kenne das Gefühl zum Glück nicht, Ben. Aber ich bin mir sicher, dass es immer einen Weg gibt, die Dinge zurückzugewinnen!!!!

NERDINATOR: Ach ja? 1860 München kann den verlorenen Aufstieg in die erste Liga wiedergewinnen? Wie soll das denn gehen? Zeitmaschine?

NELLYROSAROT17: Kann mal bitte jemand ein Virenprogramm erfinden, das den Account von Nerdinator zerstört?!

SASCHA T-PUNKT: Hey Ben. Ich glaube, Nadine hat recht. Es gibt immer einen Weg. Du darfst nur die Hoffnung nicht aufgeben.

TOM BOMBADIL: Finde ich auch. Don't give up. Das Alte muss weichen, um dem Neuen Platz zu machen. Sieh die Dinge positiv.

Mittwoch, 20. März

LULU:
Lieber Ben,
es ist immer noch so: Deine »Enthüllung« und all das, was damit verbunden ist, raubt mir gerade die Luft zum Atmen. Ich weiß, dass auch ICH dich damals in Bezug auf meine Familie angelogen habe. Aber DAS hier ist definitiv noch mal etwas ganz anderes! Ich schwanke gerade zwischen totaler Ergriffenheit, Mitgefühl, Trauer – aber auch Wut. Hast du wirklich geglaubt, dass mich so eine Nachricht abschrecken würde? Hältst du mich für so oberflächlich und unsensibel? Was mich allerdings wirklich enttäuscht, ist der späte Zeitpunkt deines Geständnisses. Und die Tatsache, wie du auf meinen Umzug nach München reagiert hast. Weißt du, wie unsagbar DOOF ich mir vorkam, als du auf meine Ankündigung, wir könnten uns nun doch bald endlich TREFFEN, über deine so dermaßen wichtige Klassenfahrt geschrieben hast ohne auch nur ein klitzekleines Zeichen von Bedauern? Ohne wenigstens zu versuchen, eine Alternative zu finden? Ich musste mich da schon schwer zusammenreißen, um nicht komplett auszuflippen, weil ich mich so verarscht und gedemütigt gefühlt habe. Tja und nun das … natürlich versteht ein Teil von mir deine Angst, deine Sorgen – und ich weiß ja selbst am besten, wie die Dinge manchmal ganz plötzlich ihren Lauf nehmen können, wenn man nicht rechtzeitig die Notbremse zieht. Hätte ich geahnt, dass das mit uns beiden solche Dimensionen annehmen würde, hätte ich natürlich von Anfang an die Wahrheit gesagt.
Und dann hast DU mich auch noch gefragt, ob ICH ein Fake bin. Wie konntest du das schreiben, obwohl du doch selbst die ganze Zeit gelogen hast?

Gib mir Zeit, um das alles einzuordnen und zu überlegen, wie es jetzt weitergeht. Ich muss den Umzug vorbereiten, Nelly läuft ein wenig aus dem Ruder, weil sie jetzt nur noch mit diesem Drogenspacko abhängt, und ich weiß gar nicht, womit ich mich zuerst beschäftigen soll. Mach's gut, Ben-Robby – oder Robby-Ben … ich weiß momentan wirklich nicht, wie und vor allem OB es mit uns weitergehen kann.
Lulu

LULU: Tanzen ist für mich Medizin für die Seele! Hat jemand noch andere Arzneimittelvorschläge?

ZEITREISEQUEEN: Na, du weißt schon: Polo, Golf und gute Noten. Und natürlich schöne Klamotten!

FEE39: Du sprichst mir aus der Seele, Süße. ☺ Ansonsten ist die Devise »Lebe wild und gefährlich!«. *gg* Oder auch »Follow your dreams«.

HIBISKUSBLÜTE: DVD-Abend mit Pizza, Pommes und Pattinson!

NERDINATOR: Ihr seid so was von seelenlos!

NELLYROSAROT17: Was ist denn nun schon wieder los? *Augenroll*!

FEE39@NELLYROSAROT17: Wieso denn *Augenroll*? Lass Lulu, sie ist eben, wie sie ist – und genau DAFÜR lieben wir sie!

NERDINATOR: Ich nicht.

HIBISKUSBLÜTE@FEE39: Yes!

NELLYROSAROT17@NERDINATOR: Musst du dich eigentlich in alles einmischen? Das NERVT! @LULU: Kannst du den bitte schleunigst entfreunden?! Danke!

NERDINATOR@NELLYROSAROT17: Kann es sein, dass wir uns ähnlich sind???

NELLYROSAROT17@NERDINATOR: Wovon träumst du?

NERDINATOR@NELLYROSAROT17: Von dir! Also hilf mir, dass es kein Albtraum wird!

Sonntag, 14. April

BEN:

Liebe Lulu,

inzwischen sind vier Wochen vergangen – und ich mache mich gerade wieder mal selbst zum Lügner! Diesmal liegt es daran, dass ich dir eben doch wieder schreibe, obwohl ich ja angekündigt hatte, das nicht mehr zu tun (und obwohl du dich tatsächlich nicht mehr bei mir gemeldet hast, was ich natürlich gut verstehen kann). Mein Post wird heute auch gar nicht so lang werden, keine Sorge. Ich wollte dir nur eine Sache sagen. Ich war inzwischen zweimal bei Dr. Rosenbaum. Ich habe ihm von dir erzählt und weißt du, wie seine Reaktion war? Er hat mich für verrückt erklärt! Ich habe ja damit gerechnet und darum war ich nicht wirklich überrascht. Aber erst mit einiger Verzögerung habe ich kapiert, dass es ihm gar nicht darum ging, dass ich dich angelogen habe (das fand er einfach nur kindisch). Nein, verrückt fand er die Tatsache, dass ich – oder wir beide – uns in jemanden verliebt haben, den wir nicht kennen und noch nie gesehen haben. Als mir das klar wurde, musste ich erst mal lachen. Ich habe ihm gesagt, dass er recht hätte. Es ist ja auch wirklich verrückt. Und trotzdem eine Tatsache! Ich war in dich verliebt und ich bin es immer noch. Und vermutlich wird es lange Zeit dauern, bis ich dich vergessen habe. Aber das macht nichts, Lulu. Ich genieße es nämlich. Ich genieße es, weil ich durch dich glücklich war und endlich wieder wusste, wie sich das anfühlt. Durch dich weiß ich jetzt, dass ich mich überhaupt wieder verlieben kann – denn daran habe ich davor nicht mehr geglaubt. Ich habe jetzt viel weniger Angst davor, mit Mädchen im Real Life zu sprechen! Vorher habe ich

immer nur darauf gelauert, wie sie wohl auf mich reagieren würden – auf den armen Kerl im Rollstuhl. Jetzt aber bin ich meistens eher gespannt, wie ICH reagiere – und ob mir ein Mädchen gefällt oder nicht. (Aber um ehrlich zu sein, bisher hat mir keine gefallen. Weil mich keine so berührt hat, wie du es getan hast).
Vielleicht wollte ich dir auch einfach nur noch mal sagen, dass ich immer noch viel an dich denke, meine liebe Lulu Rocket.
PS: Keine Sorge, dies ist nun wirklich das letzte Mal, dass du von mir gehört hast.
Dein Ben

Mittwoch, 8. Mai

LULU:
Lieber Ben,
wie geht es dir? Wohne ja seit einiger Zeit in derselben Stadt wie du und muss häufig an dich denken …

Sonntag, 12. Mai

LULU:
Hm, machst du dein Versprechen wahr, dass ich nie wieder etwas von dir hören werde? Würde es etwas ändern, wenn ich dir schreibe, dass ich mich nach all der Zeit doch über ein Lebenszeichen von dir freuen würde?
Reicht auch ein klitzekleines … schreib doch einfach nur ein »B«. ☺

Montag, 13. Mai

LULU:

Eine Frage (neben vielen anderen) beschäftigt mich: Du hast damals geschrieben, dass Robby ins Internat gehen sollte. Wohnst du jetzt also in Wahrheit auch gar nicht bei deinen Eltern und Robby, sondern im Internat?

Ich finde es übrigens toll, dass du diesen Dr. Rosenbaum besucht hast! Meine Eltern sind gerade im Moment ein super Beispiel dafür, wie viel eine gute Therapie bringen kann. Ich will nicht behaupten, dass die beiden jetzt wieder ein Herz und eine Seele sind. Aber man spürt doch, dass sie sich immer noch sehr lieben und wie leid es ihnen jetzt tut, was ihre Probleme auch bei mir und Fynn angerichtet haben.

Ach Ben, ich würde dir so gern schreiben, wie es ist, wieder hier in München zu leben, in meinem alten Zimmer zu wohnen, mit Fynn auf seinen Lieblingsspielplatz zu gehen, zusammen mit Paulchen an der Isar entlangzuspazieren. Wieder »live« mit meiner besten Freundin Pia um die Häuser zu ziehen, anstatt nur zu skypen. Das Einzige, was ich hier vermisse, ist die Rolle in dem Ballettstück, die ich hätte tanzen sollen.

Ach nein, das ist irgendwie gelogen.

Es gibt noch etwas: das Schreiben mit dir…

Donnerstag, 16. Mai

LULU:
Ich bin’s schon wieder, ich hab was vergessen: Meine Englischzensur ist auf einmal wieder super. Und nein, das liegt nicht an den Zauberkünsten von Steve (falls du das jetzt denkst). Es liegt allein daran, dass ich dank dir endlich einen anderen Zugang zu dieser Sprache gefunden habe.

Freitag, 17. Mai

BEN:
Dear Lulu, nice to hear, that you’ve changed your attitude to English. ☺ Aber im Ernst: Ich freue mich unendlich, von dir zu hören. Auch wenn ich eine ganze Weile gebraucht habe, um mich an den Gedanken zu gewöhnen: Heißt das, es geht doch irgendwie mit uns weiter?

LULU:
Da ist mir doch glatt die Hand von der Tastatur gerutscht, weil ich mich so erschrocken habe, als deine PN aufpoppte. UND gefreut natürlich. ☺
Hey, how r u?

BEN:
Thanx, I’m fine! Ich schätze mal, ich schulde dir noch ein paar Antworten. Zum Beispiel, was die Sache mit dem Internat angeht. Klar, das Ganze betrifft mich und nicht meinen Bruder. Was ich dir über das große Dilemma deswegen geschrieben habe, stimmt aber. Als ich die Möglichkeit be-

kam, nach Schloss Heimbach zu ziehen, wusste ich wirklich lange nicht, wie ich mich entscheiden soll. Das Internat ist cool und die Sportangebote der Hammer. Aber ich möchte eigentlich trotzdem nicht von meiner Familie weg. Inzwischen bin ich sogar schon zweimal zum »Schnuppern« hingefahren – und hab mich jetzt tatsächlich entschlossen, zum nächsten Schuljahr dorthin zu wechseln. Keine Ahnung, ob die Entscheidung richtig ist oder nicht. Aber ich werde es einfach ausprobieren.
Das Ganze bedeutet übrigens, dass ich meinen Job in der Coffeebar aufgeben muss. Falls du dich das auch gefragt hast – ja, da habe ich wirklich gejobbt. Allerdings nicht als Barista, das geht leider im Rolli nicht. Aber ich habe Bürosachen erledigt und oft auch an der Kasse gesessen. Es war ein cooler Job, den ich ungern aufgebe. Aber was soll's, dafür wird sich bestimmt etwas Neues auftun.
Ich sehe zurzeit sowieso wieder optimistischer in die Zukunft. Das macht sich übrigens auch an meinem Musikgeschmack bemerkbar. Höre nur noch selten Heavy Metal… und ich habe mir gerade das Album von Adele besorgt – schließlich steht in deinem Profil, dass du sie magst. ☺ Du hast recht, sie hat eine Wahnsinnsstimme. Immer wenn ich ihre Musik höre, muss ich an dich denken!

LULU:
Never mind, I'll find SOMEONE LIKE YOU… seufz…

BEN:
SEUFZ +1

Samstag, 18. Mai

LULU:

Dann warst DU also der Metal-Typ, nicht Robby. ☺ Komisch, dachte, das würde gar nicht zu dir passen… Hast du dir dann auch selbst die Bilder der NBA-Spieler in den Adventskalender gesteckt? Und wie ist jetzt eigentlich wirklich das Verhältnis zwischen dir, deinen Eltern und deinem Bruder? Hat sich das auch erst nach dem Unfall so verändert, wie du es beschrieben hast? (Du siehst, ich hab schon wieder viele, viele Fragen. ☺)

BEN:

Ich freue mich über deine Fragen, Lulu! Und mir geht's ja genauso: Will immer noch so vieles von dir wissen… Hier also schon mal ein paar Antworten: Ja, ich bin der »Metallicer«… und du hast recht, die Musik passt wirklich nicht zu mir. Aber in den Monaten nach meinem Unfall war ich oft so unglaublich wütend und schlecht gelaunt, da passte Heavy Metal einfach. Je lauter, desto besser! Das lag vor allem daran, dass ich mich nicht bewegen konnte. Ich habe in meinem Zimmer gehockt und die Anlage bis zum Anschlag aufgedreht und mich sozusagen von der Musik durchschütteln lassen! Ich weiß, dass das vor allem für meine Family eine echte Zumutung war. ☺ Mit Robby war es in der Zeit auch sehr, sehr schwierig. Ich habe es ihm, genau wie so vielen anderen Leuten, ziemlich schwer gemacht. Die eine Hälfte von mir war neidisch auf ihn, die andere wütend. Aber ihm ging es mit mir nicht anders. Meine Eltern sind natürlich immer nur um mich gekreist und haben sich nur wenig um ihn gekümmert. Das war nicht einfach für ihn… Jetzt, wo ich gelassener geworden bin, weiß ich, dass er ziemlich viel einstecken musste in der Zeit!

LULU:

Ja, das kann ich mir vorstellen. Vor allem, wenn GODDESS Larissa seine Nerv-Freundin war. JETZT kann ich es dir ja gestehen: Die hatte ich von Anfang an gefressen! Hat doch jeder auf den ersten Blick gemerkt, wie die drauf war. Echt übel! Hoffe, dass Robby bald eine nettere Freundin findet. Allerdings ist er ja erst fünfzehn. Da geht vermutlich noch eine ganze Menge. ☺

BEN:

Ja, das glaube ich auch. ☺ Außerdem habe ich inzwischen kapiert, dass jeder für sich selbst verantwortlich ist. Aber auch für die Menschen, die ihm wichtig sind (oder in die er sich verliebt)... na ja, das vielleicht nicht. Da spielt das Schicksal immer noch die größte Rolle. Manchmal ist es auf deiner Seite – manchmal nicht. Wie ist das wohl bei uns?

LULU:

PÜH!

BEN:

Ich wünschte, ich könnte dich einmal sehen, wenn du dieses Geräusch machst: Püh! Weiß gar nicht, wie ich es finden würde. Vermutlich total süß!

LULU:

Hey, erwähn in meiner Gegenwart NIE WIEDER das Wort SÜSS! Dieser Ausdruck war so ungefähr das Verhängnisvollste, das es je gegeben hat! Außerdem kannst du dieses PÜH-Gesicht jederzeit live sehen, wenn du es schaffst, mich so zu nerven, dass ich darauf nur diese PÜH-Antwort habe. ☺

Sonntag, 19. Mai

BEN:
Liebe Lulu, was du gestern als Letztes geschrieben hast, hat mich nachdenklich gemacht (es hat mich auch gefreut, aber eben nicht nur). Ich finde es super, dass wir endlich wieder miteinander chatten. Es ist fast so ein Gefühl, wie wenn man von einer langen, anstrengenden Reise endlich wieder nach Hause kommt. Und ich würde vieles dafür geben, auf dieses Gefühl nie wieder verzichten zu müssen. Darum möchte ich dir einen Vorschlag machen. Ich möchte noch einmal einen Deal mit dir schließen, so wie damals, als wir uns kennenlernten. Ich möchte dir vorschlagen, dass wir einfach so weitermachen wie am Anfang und die ganze Zeit seitdem. Wir chatten miteinander. Wir helfen uns, geben uns Ratschläge, erzählen uns alles ... aber wir werden uns nicht treffen. NIE. Warum sollten wir auch? Es hat doch bis jetzt super geklappt. Wir sollten nicht riskieren, dass es kaputtgeht! Was denkst du?

LULU:
Ich kann dazu nur sagen, dass das mit dem NIE (leider) nicht funktionieren wird ...

BEN:
Warum nicht?

LULU:
Weil ich dich schon live gesehen HABE…

BEN:
Hey, ich kapier gerade gar nichts! Klär mich auf, bitte!

LULU:
Erinnerst du dich an das Rolli-Basektball-Turnier vorletzten Sonntag?

BEN:
Ja, klar erinnere ich mich. Immerhin hat meine Mannschaft abgeräumt und ich bin zum MVP gekürt worden. Hast du das YouTube-Video gesehen? (Oder… verdammt, habe gerade ein ziemlich schräges Gefühl, Lulu.) Warst du etwa dort?

LULU:
Wenn MVP Meisterlicher VampPlayer heißt, dann bin ich sehr stolz auf dich. ☺ Ja, du hast recht. Ich war da. Und du machst in »echt« eine sehr, sehr gute Figur! Ich verstehe zwar null und nada von diesem Spiel, aber was ich verstanden habe, ist, dass da jemand mit viel Ballgefühl, einer ordentlichen Portion Ehrgeiz und vor allem mit Leidenschaft gespielt hat. Besonders angetan hat es mir dieser kleine Zwischenfall mit der (echt hübschen!!!) Schiedsrichterin, als du für deinen einen Mitspieler eingesprungen bist und ihn verteidigt hast. Die Dame hat dich ganz schön verliebt angeguckt, wenn ich das mal so sagen darf. Und ich kann sie absolut verstehen. ☺

BEN:
Ich klär dich gerne auf ☺: MVP hat nichts mit Vamps,

Vampiren oder Ähnlichem zu tun. Sondern heißt ganz einfach: Most Valuable Player... habe wohl einfach ganz gut gespielt. Und das mit der Schiedsrichterin, na ja, Ehrensache. Ich möchte halt gewinnen, aber nicht auf jede, sondern auf faire Art, und was die Gegner da in dem Moment abgezogen hatten war, na ja... aber egal. Bin trotzdem sauer auf dich. Mich einfach so auszuspionieren!

LULU:
Wieso »ausspionieren«? Das klingt so negativ, als hätte ich dich hintergangen. Ich dachte, du freust dich, wenn du weißt, dass ich mich nach wie vor für dich interessiere. So sehr, dass ich mich sogar an einem verregneten Sonntag in eine kalte, zugige und auch ein bisschen miefige Sporthalle setze, nur um dich heimlich beim Spiel anzufeuern. Es gibt also keinen Grund für dich, sauer zu sein!

Montag, 20. Mai

BEN:
Liebe Lulu, könntest du dich bitte in Lulu ROLLERCOASTER umbenennen? Fühle mich mit dir nämlich gerade total wie in einer Achterbahn, es geht ständig hoch und runter und wieder hoch und wieder runter, und das alles in einem Wahnsinnstempo! Gerade habe ich noch gedacht, dass wir ab jetzt und für alle Zeiten Internet-Freunde sind oder vielleicht sogar so etwas wie ein Internet-Paar (witzige Vorstellung, oder?), und dann eröffnest du mir, dass du im Real Life schon mal ganz in meiner Nähe warst. Weiß gar nicht, was ich davon halten soll. Komm mir irgendwie wirklich hintergangen vor... und gleichzeitig bin ich auch

enttäuscht, dass du mich nicht angesprochen hast. Allein bei der Vorstellung, dass du da warst, wird mir ganz komisch! Bin mir nicht sicher, was ich mit alledem anfangen soll. Weiter Achterbahn fahren? Aussteigen? Was denkst du?
PS: Was sollte die Andeutung mit der Schiedsrichterin? Glaubst du wirklich, sie findet mich gut?

LULU:

Du bist enttäuscht, dass ich dich NICHT angesprochen habe? Lieber Ben, wenn du schon online so nervös wirst, was wäre dann erst in der Realität passiert? Und wie hätte ich das denn vor deinen Mitspielern – und der hübschen blonden Schiri-Frau – hinkriegen sollen? Nein, nein, auch ICH habe gelegentliche Anfälle von Schüchternheit. Rollercoaster gefällt mir übrigens gut, hab das Rocket auch allmählich über. ☺ Eine Frage noch: WILLST du denn, dass eure »Richterin« dich gut findet?

BEN:

Liebe Lulu, ob ich will, dass Katrin, die Schiri-Frau, mich gut findet? Mann, natürlich will ich das! Ich sitze zwar im Rollstuhl, aber ich bin trotzdem ein MANN! Und zwar mit allem Drum und Dran. Und Katrin ist, genau wie es dir auch aufgefallen ist, eine Granate! ABER bevor jetzt Missverständnisse aufkommen: Noch viel wichtiger ist mir, dass … stotter … du … mich … gut … findest! Du! Niemand sonst!

LULU:

Kopiere dir mal diesen Satzteil aus einem deiner älteren Posts: »Jetzt aber bin ich meistens eher gespannt, wie ICH reagiere – und ob mir ein Mädchen gefällt oder nicht.« Weil ich nämlich gerade feststelle, dass ich eifersüchtig bin... Eifersüchtig auf all die vielen Mädchen (auch diese hübsche Katrin!), die die Chance haben, dich im realen Leben zu treffen und mit dir zusammen zu sein. Für mich scheint ja nur dieses virtuelle Eckchen in deinem Herzen frei zu sein... ☹

Dienstag, 21. Mai

BEN:

Liebe Lulu-Rollercoaster,
musste gestern off gehen, weil meine Eltern mich zum Abendessen gerufen haben. Muss dir von diesem Essen kurz erzählen. Meine Mutter hat mich dabei nämlich die ganze Zeit so komisch angesehen. Irgendwann ging es mir auf die Nerven und ich habe sie gefragt, ob etwas wäre. Daraufhin sie: »Na, genau das wollte ich dich gerade fragen, Ben.«
»Wieso? Was soll sein?!«
»Du siehst... verändert aus. Gut. Du strahlst richtig. Seit Langem mal wieder. Ich freue mich darüber, aber ich bin natürlich auch neugierig, woran es liegt.«
Ich hatte keine Lust, meinen Eltern irgendwas zu erzählen, aber dann schaltete sich Robby ein und sagte: »Na, das ist wegen dieser Online-Braut, mit der Ben die ganze Zeit chattet. Die hat ihm so den Kopf verdreht, dass er eigentlich längst hätte aus dem Rolli fallen müssen...«
Du kannst dir vorstellen, was danach los war. Meine Eltern haben mich mit Fragen gelöchert. Na ja und dann habe ich ihnen halt doch von dir erzählt. Und weißt du, was? Sie haben mich nicht für verrückt erklärt! Im Gegenteil. Lag vermutlich daran, WIE ich es erzählt habe. Sie haben gemerkt, was du für mich bedeutest und wie wichtig du mir bist.

Und da ist mir selbst noch einmal klar geworden, dass wirklich keine Sekunde mehr vergeht, in der ich nicht an dich denke! Darum möchte ich etwas zu deiner PN von gestern sagen, in der du dich beschwert hast, in meinem Herzen sei nur ein virtuelles Eckchen für dich frei … Das stimmt nicht, Lulu Rocket. Weil dir viel mehr als nur ein Eckchen meines Herzens gehört. Es ist komplett und vollständig deines!
Puh! Ich hab's gesagt, oder? Ich habe es endlich laut und deutlich gesagt!

LULU:
Und ich freue mich sehr darüber! Sehr, sehr, sehr!

Mittwoch, 22. Mai

LULU:
Lieber Ben,
keine Ahnung, was gerade mit mir los ist, aber anscheinend fahren jetzt nicht nur meine Gefühle Rollercoaster, sondern auch meine Hormone, ähem … ich habe nämlich noch mal deine PNs der letzten Tage durchgelesen und da ist mir plötzlich klar geworden, dass wir beide noch MeerJUNGFRAUEN sind. Wie nennt man denn eigentlich das männliche Pendant dazu? MeerJUNGMANN?

LULU:
OMG … äh, ja. Peinlich! Vergiss es einfach. Weiß auch nicht, was ich eigentlich gerade sagen wollte. Lass uns lieber über Pommes rot-weiß chatten. Oder über Filme oder … ach ich weiß auch nicht und gehe jetzt ON … äh, meine natürlich OFF.

Himmel, wie peinlich!!!!
BIN JETZT WEG!

BEN:
Nein, Lulu, bitte bleib! Bitte! Ich chatte nämlich gerne mit dir so ... prickelnd.

LULU:
Jaja – das kann ich mir denken. ☺
Aber ich muss dich enttäuschen. Ich bin eine NONNE, you remember? Im wahren wie im virtuellen Leben. Und schönen Gruß auch an Robby: Ich bin keine BRAUT! Frechheit!

Donnerstag, 23. Mai

BEN:
Liebe Lulu, du hast es geschafft! Das heißt, nein, du hast es nicht geschafft, sondern nur beinahe. Ja, denn beinahe wäre ich gestern an einem Herzinfarkt gestorben! Und wenn ich ehrlich bin, dann durchzuckt es mich immer noch ab und zu ... Ich, oh Gott, ich werde mich jetzt ein für alle Male blamieren. Aber da muss ich wohl durch. Also: Das war doch gestern nur ein Witz, das mit der Nonne, oder? ODER?

LULU:
DU hast mich immer Ballett-Nonne genannt, oder?
Eine Frage habe ich allerdings auch in dem Zusammenhang: Hast du eigentlich jemals meine Kuss-Tipp-Liste anwenden können? (Oder vielmehr die NO-GO-Liste)? Irgendwie kann ich mir nach dem BB-Spiel überhaupt GAR

NICHT mehr vorstellen, dass da in letzter Zeit nix mit dir und den Mädels gelaufen ist. Ich finde, du hast sehr ... sinnliche Lippen.
Oder so ähnlich ... (Haben Jungs sinnliche Lippen? Na ja, du weißt schon, was ich meine ...)

BEN:
Wow, jetzt habe ich mal den roten Kopf ... schluck. Die Wahrheit ist: Ja, ich konnte die Kuss-Liste anwenden – aber leider nicht persönlich. Ich habe deine klugen Ratschläge an Alex weitergereicht (du erinnerst dich, er küsst wie ein Labrador ...).

LULU:
LEIDER????????????????????????????????

BEN:
Ja, leider. Weil es nur ein einziges Mädchen auf der Welt gibt, das ich gerne küssen möchte. Und das bist du.
Ach, verdammt Lulu. Wenn wir so weitermachen, werden wir beide Rheuma in den Händen haben, bevor wir zwanzig sind – wegen dem vielen Tippen am PC! Ich ... frage dich jetzt einfach! Möchtest du, dass wir uns treffen? In der Real World? Du und ich, Lulu und Ben? Also, nicht einfach nur treffen, sondern ein richtiges Date? Was meinst du? (Oh Mann, muss sofort off gehen, um nicht doch einen Herzinfarkt zu bekommen.)

LULU:
Dazu sag ich nur eins: Wenn du es WAGEN SOLLTEST, mich ein zweites Mal zu versetzen, dann ... dann ... dann backe ich dir einen Kuchen ... über den du dich garantiert NICHT freuen wirst, weil ich nämlich überhaupt nicht

backen kann, er wäre also steinhart, versalzen, bäh und püh!
Ach, ich bin ganz durcheinander und schreibe megawirres Zeug... Dies ist nämlich genau das, was ich mir die ganze Zeit gewünscht habe...
Also: Samstagabend um acht Uhr am Stachus? Wenn es dunkel ist und du nicht siehst, wie hochrot meine Wangen sind? Und wie sehr meine Knie zittern?
Und ich überhaupt ganz, ganz schrecklich aussehen werde, weil ich gerade DANN meinen badest hair-day ever haben werde? Und weil ich doch vor allem eins will: DIR GEFALLEN!

BEN:
SCHLUSS JETZT! Sag das nicht, liebe Lulu Rocket, denn du musst wissen, dass du für mich immer wunderschön aussiehst, bestimmt auch mit zitternden Knien. Und mache dir bitte, bitte keine Sorgen. Ich werde dich nie wieder versetzen. Nie wieder. Und wenn ich hundert Jahre auf dich warten muss... ich werde da sein, am Samstagabend um 8 Uhr am Stachus! Ich werde da sein und meine Knie werden auch zittern, meine Hände, alles... und trotzdem freue ich mich schon jetzt ganz irrsinnig auf diesen Moment, an dem wir uns endlich in die Augen sehen!

Gabriella Engelmann

978-3-401-50665-4

Cinderella undercover

Kurz nachdem Cynthias Mutter gestorben ist, verliebt sich ihr Vater in eine andere Frau, die zwei nervige Töchter im Schlepptau hat. Zu allem Überfluss macht Stiefschwester Felicia dann auch noch Daniel schöne Augen. Ob Cyn den gutaussehenden Kunststudenten durch ihre Street-Art-Bilder auf sich aufmerksam machen kann?

978-3-401-50666-1

Küss den Wolf

Pippa ist verliebt! In Leo, den attraktivsten, charmantesten Gartenbaustudenten, den die Welt je gesehen hat. Glücklich wie noch nie, macht sie sich auf den Weg zu ihrer Oma, doch in deren idyllischem Waldhäuschen passiert gerade eine unerklärliche Katastrophe nach der anderen. Irgendetwas geht dort ganz und gar nicht mit rechten Dingen zu.

978-3-401-50667-8

Wachgeküsst

Rosalie ist glücklich: Gerade ist sie von zuhause ausgezogen, hat ihre Ausbildung zur Hotelkauffrau angefangen und sich verliebt. Das Problem: Auf Rosalie lastet ein Fluch und ihr siebzehnter Geburtstag soll in einer Katastrophe enden. Kein Grund zur Panik, denkt Rosalie, denn sie glaubt nicht an Märchen – zumindest bis zur Nacht vor ihrem Geburtstag.

Arena

Alle Bände auch
als E-Books erhältlich

Jeder Band:
Arena-Taschenbuch
www.arena-verlag.de

Gabriella Engelmann

Sturmgeflüster

Für Tinka sollte es der coolste Sommer ever werden. Doch wenn einen die beste Freundin versetzt, sind Ferien auf Sylt einfach nur noch langweilig. Bis Tinka Kitesurfer Sven kennenlernt, der sie in seine Clique aufnimmt und mit seinem durchdringenden Blick ihr Herz sofort zum Kentern bringt. Bald aber merkt Tinka, dass er und die anderen ihr etwas verschweigen. Es ist fast zu spät, als Tinka begreift, dass sie selbst die dunkle Vergangenheit wieder heraufbeschworen hat.

Arena

Auch als E-Book erhältlich

208 Seiten
Klappenbroschur
ISBN 978-3-401-60111-3
www.arena-verlag.de